Narcisse Fournier

Claude Stocq

Antigonos

Narcisse Fournier

Claude Stocq

Réimpression inchangée de l'édition originale de 1839.

1ère édition 2024 | ISBN: 978-3-38605-694-6

Antigonos Verlag est une marque de Outlook Verlagsgesellschaft mbH.

Verlag (Éditeur): Outlook Verlag GmbH, Zeilweg 44, 60439 Frankfurt, Deutschland
Vertretungsberechtigt (Représentant autorisé): E. Roepke, Zeilweg 44, 60439 Frankfurt, Deutschland
Druck (Imprimerie): Libri Plureos GmbH, Friedensallee 273, 22763 Hamburg, Deutschland

CLAUDE STOCQ,

DRAME EN QUATRE ACTES, PRÉCÉDÉ D'UN PROLOGUE,

par MM. N. Fournier et Arnould,

REPRÉSENTÉ POUR LA PREMIÈRE FOIS, SUR LE THÉÂTRE DE LA PORTE SAINT-MARTIN, LE 11 JANVIER 1839.

PROLOGUE.

PERSONNAGES.	ACTEURS.	PERSONNAGES.	ACTEURS.
LE MARQUIS DE SAVIGNY. .	M. SAINT-HILAIRE.	UN HOMME MASQUÉ.	
LE BARON DE ROCHE-		MARIANNE, femme de Hugue-	
MORE.	M. ÉMILE.	nin.	Mme ASTRUC.
HUGUENIN, bûcheron.	M. TOURNAN.	OFFICIERS, BUCHERONS, SOLDATS.	

La scène se passe en 1552, dans la forêt de Talemond, en Guienne.

NOTA. La mise en scène exacte de cet ouvrage, transcrite par M. L. Palianti, se trouve dans la collection des mises en scène publiées par le journal *la Revue et Gazette des Théâtres*, rue Sainte-Anne, 55.

———

Un carrefour de la forêt de Talemond, en Guienne. Sur le premier plan, à gauche, la cabane de Huguenin, bûcheron. Devant la porte, une table et des bancs. Au fond du théâtre, les ruines d'une chapelle : un peu devant et sur le côté, à droite, sur un pilier en pierre, une image de la Vierge. A gauche, un chemin traversant la forêt et passant devant les ruines de la chapelle. Un autre chemin venant de la droite et aboutissant à l'image de la Vierge. Le jour commence à baisser.

SCENE PREMIERE.

HUGUENIN, MARIANNE, BUCHERONS, OFFI-
CIERS et SOLDATS.

Au lever du rideau, des Soldats sont assis près de la table et boivent : un groupe de Bûcherons et de Soldats entourent Huguenin et sa femme sur le milieu du théâtre. Au fond, d'autres sont occupés à dresser un bûcher.

UN SOLDAT, à *Huguenin.*

Eh bien !... ensuite?...

HUGUENIN, à *sa femme.*

Ensuite?... Sais-tu la fin, Marianne?

MARIANNE.

Oui.

HUGUENIN.

Parle... il y a long-temps que tu m'écoutes; tu dois être malade.

MARIANNE.

La jeune fille suivit cet homme, et entra avec

lui dans la chapelle, à la nuit tombante : ce qui s'y passa, personne n'en a jamais rien su. Mais le lendemain, après un orage effroyable, on ne retrouva plus que les ruines de la chapelle... et depuis ce temps-là, jusqu'au jour où cette image de la Vierge vint se placer toute seule, car personne ne s'en est mêlé, sur ce pilier de pierre, le diable tint sabbat toutes les nuits dans ce carrefour de la Forêt de Talemond, et tout voyageur qui s'y aventurait était sûr d'y laisser ses os... Voilà.

PREMIER SOLDAT.

Elle est gentille, votre histoire!... c'est gai.

HUGUENIN, aux *Bûcherons, au fond.*

Êtes-vous prêts, vous autres?

UN BUCHERON.

Tout-à-l'heure.

HUGUENIN.

En attendant, buvons.

TOUS.

Buvons.

HUGUENIN.

Femme, donne du vin... c'est moi qui régale.

MARIANNE, *bas.*

S'ils veulent payer, pourquoi les en empêcher?

HUGUENIN.

Va toujours.

MARIANNE.

Tu me revaudras ça.

Elle verse à boire.

UN OFFICIER.

A la santé du roi Henri II !

UN AUTRE.

De madame Catherine.

Marianne verse à boire.

PREMIER OFFICIER.

A la santé de MM. de Guise.

MARIANNE.

Est-ce que vous ne pourriez pas boire d'un seul coup à la santé de tout le monde?

HUGUENIN.

Verse donc !

DEUXIÈME OFFICIER.

Voyons, faut pas vous contrarier... D'un seul coup, à la santé de MM. de Guise, de Mme Diane de Poitiers, de notre saint père le pape, du connétable de Montmorency... et mort aux protestans !

TOUS.

Mort aux protestans !

Ils boivent.

PREMIER OFFICIER.

Maintenant, la part du diable est-elle prête?

HUGUENIN.

Vos mannequins sont-ils finis?

DEUXIÈME BUCHERON, *du fond.*

Les voilà!... les voilà !...

TOUS.

Bravo !

Des Bûcherons apportent des mannequins; d'autres mettent le feu au bûcher.

PREMIER OFFICIER, *montrant un mannequin qu'on amène.*

Comment s'appelle-t-il?

PREMIER BUCHERON.

Pierre Odoard.

PREMIER OFFICIER.

Qu'a-t-il fait ?

PREMIER BUCHERON.

Il a refusé de saluer l'image de la Vierge.

PREMIER OFFICIER.

Au feu !

TOUS.

Au feu !

On jette le mannequin sur le bûcher, et on en amène un autre.

DEUXIÈME OFFICIER.

Et celui-ci?

DEUXIÈME BUCHERON.

Michel Libourne... Il a mangé de la viande le vendredi.

TOUS.

Au feu ! au feu !

On jette les mannequins sur le bûcher ; pendant qu'ils brûlent, les Bûcherons se mettent à danser en chantant.

PREMIER OFFICIER.

Allons, en route, camarades.

Les Soldats reprennent leurs armes.

PREMIER BUCHERON.

Adieu, Huguenin... Voilà la nuit qui arrive.

HUGUENIN.

Adieu... adieu.

Les Bûcherons allument leurs fallots ; on allume aussi une lanterne au-dessous de l'image de la Vierge.

PREMIER OFFICIER.

Continuons notre battue dans la forêt.

HUGUENIN.

Est-ce qu'il y a du nouveau ?

PREMIER OFFICIER.

Non ; c'est par précaution. (*A Huguenin.*) Par ici, n'est-ce pas?... Nous gagnerons la lisière du bois qui s'étend sur la côte?

HUGUENIN.

Prenez ce sentier.

PREMIER OFFICIER.

Adieu, mes braves gens!... Vive le roi, et mort aux protestans!... S'il m'en tombe un sous la griffe...!

Ils sortent tous par la gauche.

SCENE II.

HUGUENIN, MARIANNE.

MARIANNE, *à part.*

A mon tour!... Tu vas me le payer, ivrogne!... Quatre brocs de vin!... (*Elle lui fait signe d'approcher.*) Tiens!...

Elle lui donne un soufflet.

HUGUENIN, *tendant l'autre joue.*

Eh bien ! il me revient encore quelque chose ··

Allons, tu n'es pas bien en colère... Ordinairement, quand tu tapes, ça n'est pas pour une fois; est-ce que tu as mal au bras?

MARIANNE.

Imbécile!... Qu'on donne son vin à ceux qui le paient, à la bonne heure!... Pourquoi ne m'as-tu pas laissé demander de l'argent?

HUGUENIN.

Ah! bah! je suis heureux... je suis riche...

MARIANNE.

Toi?...

HUGUENIN.

Chut!... chut!... il m'est arrivé une aventure... un bonheur...

MARIANNE.

Plaît-il?

HUGUENIN.

J'attendais qu'ils fussent partis pour te conter ça...

MARIANNE.

Quelque baliverne?...

HUGUENIN.

Écoute... écoute... Il y a une heure à peu près, comme je revenais avec ma charge de fagots sur l'épaule, à cent pas d'ici, dans le ravin, je me suis trouvé face à face avec... devine...

MARIANNE.

Est-ce que je sais?

HUGUENIN.

Avec un homme enveloppé d'un grand manteau, et masqué.

MARIANNE.

Masqué?

HUGUENIN.

Oui... Il me barrait le passage... Je crie: Otez-vous de là; il ne bouge pas... Alors, je jette à terre mon fagot, et je m'apprête à lui allonger un coup de poing... mais il me pose la main sur l'épaule.

MARIANNE.

Qu'est-ce que tu as fait?

HUGUENIN.

Je lui ai ôté mon bonnet, et je lui ai demandé ce qu'il y avait pour son service... parce que, à la manière dont il me tenait, j'ai vu tout de suite mon affaire... et j'ai pensé qu'avec ce gaillard-là il valait mieux être poli.

MARIANNE.

Poltron!

HUGUENIN.

J'aurais voulu t'y voir... une vraie paire de tenailles!... je sentais mes os craquer...

MARIANNE.

Enfin, qu'est-ce qu'il t'a dit?

HUGUENIN.

Ce qu'il m'a dit?... rien.

MARIANNE.

Comment! rien?

HUGUENIN.

Il est muet... je ne sais pas si c'est de naissance ou par accident, mais enfin il ne parle pas.

MARIANNE.

Ah çà! tu es devenu fou!

HUGUENIN.

Écoute donc; il me présente un papier sur lequel était écrit: « Le baron de Rochemore traversera ce soir la forêt de Talemond; retiens-le chez toi. »

MARIANNE.

Et pourquoi?

HUGUENIN.

C'est ce que j'ai demandé; des raisons politiques? ai-je dit: il me fait signe que oui... il me laisse passer, et voilà mon histoire.

MARIANNE.

Qu'est-ce que tu me contes là?... Qu'est-ce que tu me disais tout-à-l'heure. Je suis heureux, je suis riche?...

HUGUENIN.

Madame Huguenin...

Il lui donne une bourse.

MARIANNE, la prenant.

Hein?

HUGUENIN.

Trente écus pour faire sa commission, et j'en aurai encore autant... Mets ça avec nos économies, ça fera en tout trente écus.

MARIANNE.

Trente écus!... Les as-tu comptés? (Elle compte.) Ils y sont, il ne t'a pas volé... Ah! pardine, oui, voilà un bonheur!... vrai, je suis fâchée de t'avoir donné un soufflet.

HUGUENIN.

Je vas te le rendre, si tu veux?

MARIANNE.

Non, je te le retiendrai sur le premier compte. Quelle aventure!... Et tu dois revoir cet homme masqué?

HUGUENIN.

Apparemment, puisque j'ai encore trente écus à recevoir.

MARIANNE.

Quand?

HUGUENIN.

Quand il voudra, je ne bouge pas d'ici.

MARIANNE.

Connais-tu le baron de Rochemore?

HUGUENIN.

Non.

MARIANNE.

Comment feras-tu?

HUGUENIN.

Ma foi, je n'en sais rien; tu as raison, j'aurais dû demander son signalement.. mais bah! ça a trop bien commencé pour mal finir; je devinerai; et puis, l'homme masqué me l'indiquera sans doute.

MARIANNE.

Je vais serrer cet argent, et remettre de l'ordre dans la maison.

Elle emporte les verres et rentre dans la cabane.

SCENE III.

HUGUENIN, *puis* LE MARQUIS DE SAVIGNY *enveloppé d'un manteau.*

HUGUENIN.

Qu'est-ce que je ferai de ce trésor?

Il va s'asseoir à la table

SAVIGNY, *arrivant par le chemin de droite, avec quelques hommes enveloppés de manteaux ; il s'arrête au fond du théâtre.*

C'est ici qu'il faut nous séparer ; vous ne sauriez m'accompagner plus loin sans danger. Adieu, mes amis, adieu ; puissé-je vous revoir dans des temps plus heureux ! (*Les hommes sortent.*) C'est par ce chemin qu'il doit nécessairement passer... Voici l'homme que je cherche ; il ne me connaît pas.

Il s'approche d'Huguenin, et lui frappe sur l'épaule.

HUGUENIN, *se levant.*

Ah ! l'homme au manteau !

SAVIGNY.

Rendez-moi un service.

HUGUENIN, *à part.*

Tiens, il parle !... ce n'est pas lui.

SAVIGNY.

Un service que je paierai bien.

Il lui donne une bourse.

HUGUENIN, *prenant la bourse et saluant.*

C'est absolument comme l'autre... Voyons, qu'est-ce qu'il veut, celui-là ?... (*Haut.*) Je vous préviens que je ne peux pas sortir d'ici.

SAVIGNY.

Je désire que vous y restiez.

HUGUENIN.

Ça se trouve bien.

SAVIGNY.

Un seigneur des environs doit passer devant chez vous.

HUGUENIN.

Son nom ?

SAVIGNY.

Le baron de Rochemore.

HUGUENIN, *à part.*

Voilà qui est étonnant !... et vous voulez... ?

SAVIGNY.

Que sous un prétexte quelconque... la nuit... le mauvais état des chemins... vous le reteniez pendant une heure.

HUGUENIN, *à part.*

C'est cela... je l'aurais parié.

SAVIGNY.

Vous comprenez ?

HUGUENIN.

Parfaitement !... Mais pourquoi ?... des raisons politiques ?...

SAVIGNY.

Oui.

HUGUENIN,

Très-bien !

SAVIGNY.

Vous êtes un honnête homme, je le sais, et l'on peut se fier à vous... Des proscrits, des calvinistes, ont besoin de ce temps pour mettre leurs personnes en sûreté.

HUGUENIN.

Des calvinistes !

SAVIGNY.

Hésitez-vous ?

HUGUENIN, *faisant sauter la bourse dans ses mains, à part.*

S'il savait que je viens d'en brûler en effigie... Mais, au fond, ce sont de braves gens, ils paient bien. (*Haut.*) Je ferai ce que vous me dites... est-ce tout ?

SAVIGNY.

Oui, je vous reverrai.

HUGUENIN.

Avec plaisir... Allons conter cela à Marianne ; la pauvre femme, elle qui aime tant l'argent, il y a de quoi la rendre folle... (*A Savigny.*) Si vous avez besoin de moi, je suis là... je rentre un instant, et je reviens.

SCENE IV.

SAVIGNY, *seul.*

Quel temps que celui où nous vivons !... et quel avenir nous est réservé !... des enfans de la même patrie, armés les uns contre les autres... Mon Dieu ! tout homme qui rapporte à vous ses prospérités, ou qui dans son affliction lève les mains vers vous, n'est-il pas vertueux à vos yeux, et votre nom a-t-il besoin d'être glorifié par les proscriptions et les supplices ?... Moi, le marquis de Savigny, je suis obligé de fuir sous ce déguisement le château de mes pères... demain, cette nuit même, il serait trop tard !... qui sait même si je pourrai gagner la côte à l'heure où le signal convenu m'avertira que la barque m'attend ?... Plusieurs de mes amis, Ossonne, Maurecour, et le plus exalté, le plus fougueux de tous, Maulevrier, ont résolu de résister ; mais moi, je ne veux pas verser le sang de mes compatriotes ; je fuirai, si Dieu m'en laisse le temps... Un de nos adversaires les plus implacables, le baron de Rochemore, doit se rendre chez le connétable ; un ordre du roi les oblige à se réconcilier ; heureux temps que celui où ces deux hommes étaient ennemis, quoique parens ! Hier encore, nous respirions à la faveur de ces haines de famille ; mais aujourd'hui la paix qu'on leur impose sera cimentée de notre sang... déjà même, si j'en crois un ami secret et sûr, le baron porte au connétable une liste de proscrits qui doivent être arrêtés immédiatement ; mon nom est sur cette liste... et si le baron de Rochemore voyait le connétable avant mon départ, je serais perdu ! En venant ici, nous avons été obligés d'éviter les regards de plusieurs hommes ; j'ai cru voir des soldats... Heureusement, tous les détours de cette forêt me sont connus... cet endroit est sombre et mystérieux, il pourrait cacher quelque piége... je veux le sonder l'épée à la main ; et puis, voici l'instant où le baron doit venir, il ne faut pas qu'il me voie... (*Se penchant à droite.*) Je crois entendre marcher, éloignons-nous !

Il s'éloigne lentement par la gauche.

SCENÉ V.

HUGUENIN, MARIANNE, *sortant de la cabane.*

MARIANNE.

Comment! tu dis que c'était un autre!

HUGUENIN.

Oui... il n'était pas masqué, et il parle.

MARIANNE.

Il paie aussi.

HUGUENIN.

C'est vrai.

MARIANNE.

Eh bien, benêt, tu vois bien que c'est le même; c'est la surprise qui t'aura troublé la vue; tu vois double... Un autre ça n'est pas possible!...

HUGUENIN.

Tout est possible!... je ne crois plus à rien, je crois à tout... ça m'est égal... je n'y comprends rien...

MARIANNE.

Ni moi; et je dirai que c'est un rêve, tant que je ne verrai pas arriver le baron de Rochemore.

HUGUENIN.

Il arrivera.

MARIANNE.

Je ne crois pas.

HUGUENIN.

Il arrivera.

MARIANNE.

Il n'arrivera pas.

HUGUENIN.

Si.

MARIANNE.

Non.

HUGUENIN.

Chut! tiens, tiens!... voilà quelqu'un que je ne connais pas, ni toi non plus... je parie que c'est lui, je vais lui demander.

SCENE VI.

HUGUENIN, MARIANNE, LE BARON, *arrivant par le chemin de droite.*

HUGUENIN, *s'approchant de lui et le saluant.*
Vous devez être le baron de Rochemore?

LE BARON.

C'est mon nom en effet. (*Huguenin et sa femme se regardent.*) D'où me connaissez-vous?... j'ignore qui vous êtes...

HUGUENIN.

Huguenin le bûcheron; voilà ma femme... Fais donc la révérence.

LE BARON.

Je ne crois pas que nous nous soyons jamais vus, et à mon aspect pourtant...

MARIANNE.

Faites excuse, monsieur le baron; de pauvres gens comme nous, ça connaît les grands seigneurs qui ne font pas attention à eux.

LE BARON.

C'est ici l'endroit de la forêt qu'on nomme le Carrefour, et voici le chemin qui conduit à Talemond, chez le connétable?

HUGUENIN.

Oui, monsieur le baron. (*Bas à sa femme.*) Voilà le moment, il faut le retenir; je vais lui parler politique, ça l'amusera... Hum! hum!... Aide-moi donc.

LE BARON.

Je vais attendre quelques instans.

HUGUENIN.

Comme il vous plaira. (*A part.*) Eh bien! voilà un brave homme!... il n'est pas difficile de gagner son argent avec lui... Marianne, conduis M. le baron, vas préparer la chambre... Si M. le baron veut se reposer?...

MARIANNE.

Monsieur le baron est fatigué?

HUGUENIN.

Dam! les chemins sont si mauvais.

MARIANNE.

Et puis la nuit... M. le baron fait très-bien de rester.

HUGUENIN.

C'est pour nous un grand honneur.

MARIANNE.

Tout ce que nous avons est à son service.

LE BARON.

Merci, merci... j'étais parti à cheval, accompagné d'un domestique qui portait mes armes; car cette forêt, dit-on, n'est pas sûre, et la mission que je vais remplir peut attirer sur ma tête...

HUGUENIN.

Monsieur le baron a des ennemis?...

LE BARON.

Je n'en connais plus d'autres que les protestans... (*A lui-même.*) Demain ils ne seront plus à craindre; et pour hâter le moment de leur ruine, j'ai dû négliger l'avis mystérieux que j'ai reçu ce matin. « Ne quittez pas votre château.» (*Haut.*) Je me suis égaré d'abord... la nuit m'a surpris, et lorsqu'il était nécessaire de hâter le pas, mon cheval a refusé de marcher, il venait de se déferrer... alors j'ai mis pied à terre, et j'ai ordonné à mon domestique de me suivre, il ne m'a pas encore rejoint... Toutes ces circonstances peuvent être naturelles; mais si je les rapproche de l'avis qui m'est parvenu... A la grâce de Dieu! mon domestique ne peut tarder, je pense; il faut que ce soir même je voie le connétable. (*A Marianne.*) Conduisez-moi chez vous.

HUGUENIN.

Entrez, entrez, monsieur le baron... Quand votre domestique arrivera, je vous préviendrai... vous n'avez rien à craindre ici, depuis que nous sommes sous la protection de cette image de la Sainte-Vierge.

Le baron se retourne et se découvre devant la statue.

LE BARON.

Vous êtes bons catholiques; je le vois.

HUGUENIN.

Oui, oui, je vous en réponds.

MARIANNE.

Entrez...

Le Baron entre avec Marianne.

SCENE VII.

HUGUENIN, *seul.*

Ça va bien; ça va très-bien... et l'homme masqué sera content de moi... l'autre aussi... Y en a-t-il deux?... n'y en a-t-il qu'un?... Je crois décidément que Marianne a raison... ça doit-être le même... Tantôt il parle, tantôt il ne parle pas; il a un masque, il n'en a pas; cela m'est parfaitement égal, pourvu que...

Il tend successivement les deux mains comme pour recevoir de l'argent.

SCENE VIII.

HUGUENIN, L'HOMME MASQUÉ, *à sa droite; puis* SAVIGNY.

HUGUENIN.

Ah! (*L'homme masqué lui indique du doigt la cabane.*) Il est là!... (*L'homme masqué fait signe qu'il le sait; il lui donne une bourse. Huguenin salue en la prenant.*) On n'est pas plus aimable... c'est le même... c'est le même; seulement, il ne parle plus. (*Il se retourne et voit à sa gauche le marquis de Savigny, qui est entré en scène sans les voir.*) Tiens! tiens!...

Il se frotte les yeux et les regarde alternativement.

SAVIGNY, *à part.*

Je n'ai rien vu, l'heure approche... allons, du courage! (*Il voit Huguenin qui s'est approché de lui.*) Il est venu?

HUGUENIN.

Oui. (*Il tend la main.*) Il paraît qu'il ne paie pas deux fois, celui-là. Ah! c'est juste, son camarade vient de s'acquitter.

SAVIGNY, *bas.*

Jusqu'à neuf heures.

HUGUENIN.

Messieurs... (*L'homme masqué a remonté le théâtre.*) Eh bien! où est-il donc?... ah!... Messieurs, vous avez peut-être quelque chose à vous dire, je ne veux pas vous gêner, je vous laisse ensemble.

Il rentre dans la cabane.

SCENE IX.

L'HOMME MASQUÉ, SAVIGNY.

L'homme masqué et Savigny se regardent quelque temps.

SAVIGNY.

Quel est cet homme? est-ce un piége? (*Il porte la* main sur son épée.) Immobile! voici le chemin qui doit me conduire à la côte. Allons! si c'est un ennemi, je le verrai bien... au plus brave et au plus adroit des deux! (*Il s'avance en tenant toujours la main sur son épée; l'homme masqué reste immobile et le suit des yeux. Après avoir passé près de lui.*) Rien! un proscrit comme moi peut-être... je suis sauvé.

Il sort par le chemin de gauche; après qu'il a disparu, l'homme masqué s'éloigne lentement et se dirige vers le fond du théâtre; il disparaît derrière les ruines.

SCENE X.

LE BARON, HUGUENIN, *sortant de la cabane.*

LE BARON.

Mon domestique ne revient pas! et il faut que je parte... il se fait tard, il me reste plus d'une lieue à faire avant d'arriver à Talemond.

HUGUENIN.

Si vous attendiez encore quelques minutes... (*A part.*) Jusqu'à neuf heures.

LE BARON.

Non.

HUGUENIN.

Partir sans armes!

LE BARON.

N'en avez-vous pas à me donner, à me vendre pour de l'or?

HUGUENIN, *à part.*

Lui aussi! (*Haut.*) Mais vous êtes seul.

LE BARON.

Vous m'accompagnerez.

HUGUENIN, *à part.*

C'est encore une bourse qui va me tomber dans la main. (*Haut.*) Pardon, monsieur le baron; désolé de vous refuser pour le quart d'heure... certainement en toute autre circonstance, mais maintenant, je ne puis pas...

LE BARON.

Pourquoi?

HUGUENIN.

Parce que... parce que ma femme ne voudra pas y consentir.

LE BARON.

Eh bien! je partirai seul... une arme seulement!

HUGUENIN.

Ou du moins il faudrait demander la permission à Marianne. Marianne!... (*A part.*) Ça nous fera toujours gagner du temps. Marianne!...

SCENE XI.

LES MÊMES, MARIANNE.

MARIANNE.

Qu'est-ce que tu veux?

HUGUENIN.

Voilà monsieur le baron qui désire que je l'accompagne.

LE BARON.

Et votre mari hésite, il a peur de vous... je crois plutôt qu'il a peur de s'aventurer la nuit.

HUGUENIN, *à sa femme.*

Dam ! si tu veux...

Il lui fait signe de dire oui.

MARIANNE.

J'aimerais mieux le voir rester. S'il lui arrivait quelque chose... Il n'est pas beau, mais j'y tiens. Cependant, pour vous obliger, monsieur le baron...

HUGUENIN.

Allons, allons, va me chercher mon manteau et ma hache.

Il lui fait des signes. Marianne entre dans la cabane.

SCENE XII.

LE BARON, HUGUENIN.

HUGUENIN.

J'aime mieux ça... voyez-vous : Marianne est une bonne femme, mais quand on la contrarie, vlan ! vlan ! et il n'y a pas besoin de lui donner des occasions, elle les trouve bien toute seule. — Eh ! Marianne, dépêche-toi !... (*Au Baron.*) Une heure de route seulement... — N'oublie pas ma hache !—(*Au Baron.*) Quelle heure est-il ?... neuf heures bientôt...—Eh bien ! tu ne reviens pas ? (*Au Baron.*) J'y vais, j'aurai plus tôt fait. Ne vous impatientez pas, je suis à vous.

Il entre en courant dans la cabane.

SCENE XIII.

LE BARON, *seul, remontant le théâtre et s'arrêtant devant l'image de la Vierge.*

Si quelque danger inconnu me menace, c'est à vous de me protéger, sainte Madone, et de ramener demain un père à son enfant; car vous savez qu'il n'existe pas un cœur plus fidèle, un bras plus terrible aux ennemis de la foi catholique, plus prêt à les poursuivre par le fer et la flamme. Vierge sainte, protégez-moi. (*Il s'incline devant la statue. L'homme masqué, caché derrière le pilier, se précipite sur lui, un poignard à la main.*) Assassin !

L'homme masqué lui porte un coup de poignard et disparaît, le Baron chancelle et tombe.

SCENE XIV.

LE BARON, *étendu près de la statue de la Vierge,* SAVIGNY, *rentrant à gauche.*

SAVIGNY.

Impossible de fuir, de gagner le rivage ! toutes les issues sont gardées de ce côté... il faut que j'attende. Où me cacher ?... dans cette partie du bois qui est déserte. (*Il traverse le théâtre et aper-*

çoit le corps du baron.) Que vois-je ? un cadavre ! cet homme masqué peut-être... (*Il se baisse.*) Il respire encore... (*Il l'approche de la lampe.*) Ah ! le baron de Rochemore !

SCENE XV.

LES MÊMES, HUGUENIN.

HUGUENIN.

Il est neuf heures, je puis partir; me voilà à vos ordres... eh bien ? (*Il aperçoit Savigny et le corps du baron.*) Un homme assassiné !... Au secours !

SAVIGNY.

Silence ! vous me perdriez !... portons-le chez vous.

HUGUENIN.

Vous me perdriez ! Au secours ! au secours !

Des lumières paraissent dans la forêt.

SCENE XVI.

LES MÊMES, MARIANNE.

MARIANNE.

Qu'y a-t-il ?

HUGUENIN.

Regarde.

MARIANNE.

Ah !

SAVIGNY.

Par pitié, taisez-vous. (*Les lumières se rapprochent.*) On vient !

HUGUENIN *et* MARIANNE.

Au secours ! par ici ! par ici !

Savigny se relève et se dispose à fuir; des Soldats et des Bûcherons paraissent et gardent toutes les issues.

SAVIGNY.

Ah !

HUGUENIN.

Voyez, voyez ! le baron de Rochemore assassiné !

Des Soldats entourent Savigny, d'autres soulèvent le Baron.

L'OFFICIER[*].

Qu'on garde tous les chemins ! Où est le meurtrier ?

HUGUENIN, *montrant Savigny.*

J'ai trouvé cet homme seul, ici, près du blessé.

SAVIGNY.

Messieurs, je ne suis pas coupable de ce meurtre... Je me nomme, quoique ma tête soit proscrite : je suis le marquis de Savigny.

TOUS.

Un protestant !

SAVIGNY.

Mon épée n'était pas sortie du fourreau. (*Il la tire et la jette loin de lui.*) Voyez, il n'y a pas de trace de sang sur sa lame.

[*] Savigny, le Baron, Marianne, l'Officier, Huguenin.

UN BUCHERON, *ramassant le poignard que l'homme masqué a laissé tomber.*

Et ce poignard?

SAVIGNY.

Il ne m'appartient pas. (*Le Baron fait un mouvement.*) Écoutez, il va parler, lui !

LE BARON.

Ah !... mon enfant !... mon enfant !... un homme masqué...

HUGUENIN.

Un homme masqué ! je l'ai vu, c'est son complice... Ah ! cet argent... c'était le prix du sang !

Il jette la bourse que Savigny lui a donnée. Le Baron fait encore un mouvement et retombe.

PREMIER OFFICIER, *qui a ouvert le pourpoint du baron.*

Ces papiers que portait la victime... L'ordre du roi au connétable d'arrêter le marquis de Savigny.

TOUS.

A mort ! à mort !

Les Bûcherons se précipitent sur lui : les Soldats le protègent.

L'OFFICIER, *retenant les Bûcherons.*

Arrêtez ! cet homme appartient à la justice du connétable.

SAVIGNY.

Je n'espère plus qu'en la vôtre, ô mon Dieu

FIN DU PROLOGUE.

CLAUDE STOCQ,

DRAME EN QUATRE ACTES, PRÉCÉDÉ D'UN PROLOGUE.

PERSONNAGES.	ACTEURS.
CLAUDE STOCQ.	{ M. RAUCOURT. / M. JEMMA.
LANDRY, bourgeois de Senlis, protestant.	M. SAINT-HILAIRE.
DAMVILLE, fils du connétable de Montmorency.	M. SURVILLE.
RAOUL, fils de Landry (4 ou 5 ans).	M. DROUOT.
URBAIN, protestant.	M. HUET.
ÉVRARD, protestant.	M. ALBERT.
LE CHEVALIER RASLEIG.	M. LAJARIETTE.
L'ABBE DE NANGIS.	M. MARIUS.

PERSONNAGES.	ACTEURS.
RÉMY, domestique de Claude Stocq.	M. CHARLES CABOT.
MARGUERITE, femme de Landry.	Mlle THÉODORINE.
UNE DAME INCONNUE. . .	Mme CHARLES CABOT
MARTHE, servante de Marguerite.	Mlle GEORGES CADETTE.
BERTHE, au service de la dame inconnue.	Mlle JUSTINE.
HENRY, page.	Mlle CORDIER.
DEUX SEIGNEURS de la suite de Damville.	

ACTE PREMIER.

Le théâtre représente une chambre dans la maison de Landry à Senlis ; au fond, une porte d'entrée ; au second plan à gauche, une fenêtre donnant sur une place ; sur le premier et le troisième plan à droite, deux portes conduisant dans l'intérieur de la maison ; sur le premier plan à gauche, une porte conduisant à un autre corps de logis ; sur le devant, une table ; à côté, un grand fauteuil à bras sculpté ; sur la table, un sablier ; meubles et bahuts de 1560.

SCENE PREMIERE.

MARTHE, RAOUL, MARGUERITE.

Marguerite est assise près de la table. Elle tient une Bible sur ses genoux. Raoul est endormi sur le grand fauteuil près de Marguerite. Marthe debout derrière le fauteuil.

MARGUERITE.

Cher enfant ! comme il dort profondément ! le sommeil, qui me fuit, a fermé ses paupières pendant qu'il épelait les caractères de ce livre saint. (*Elle se penche vers Raoul et le regarde quelque temps.*) Je l'embrasserais, si je ne craignais de le réveiller. Dis-moi, Marthe, est-ce que je me trompe ? il me semble que mon Raoul est un bel enfant, et que toutes les mères doivent être jalouses de moi. Il me rend trop fière et je crains parfois que Dieu ne me châtie à cause de cet orgueil. Mais je l'aime tant parce qu'il ressemble à son père, et c'est une vertu pour une femme d'aimer son mari. Si je les perdais l'un et l'autre, que deviendrais-je ?

MARTHE.

Pourquoi avoir de telles pensées ?

MARGUERITE.

Marthe, regarde au sablier. Quelle heure est-il ?

MARTHE.

Bientôt neuf heures, madame.

MARGUERITE.

Landry ne revient pas !

MARTHE.

Que craignez-vous ?

MARGUERITE.

Je ne sais. Mais je voudrais que mon mari fût auprès de moi.

MARTHE.

Ce n'est pas la première fois que mon maître s'absente ainsi. Avant-hier je veillais avec vous en l'attendant, et vous ne paraissiez pas inquiète. Pourtant il n'est rentré qu'à une heure bien plus avancée de la nuit.

MARGUERITE.

Oui, c'est quand l'heure du repos est arrivée que la vie commence pour nous. Pendant le jour les protestans trouvent contre la haine populaire un abri derrière les murs de leurs maisons ; mais s'ils sortent ils sont exposés à l'insulte. Deux amis craindraient de se presser la main, deux malheureux de se réunir pour parler de leurs peines et se consoler. Tout murmure est un outrage à MM. de Guise, à Catherine et aux rois ses fils. Le supplice d'Anne du Bourg, mort en place Maubert, celui des partisans de la Renaudie, livrés aux vautours sur les créneaux du château d'Amboise, et tant d'autres meurtres commis au nom de l'église catholique, restent suspendus sur nos têtes comme une menace éternelle.

MARTHE.

Ce triste temps est passé, madame. Qui pourrait le ramener? les protestans de Senlis ont-ils formé quelque entreprise nouvelle? se seraient-ils de nouveau réunis dans le corps de logis isolé qui dépend de cette maison? se préparent-ils à venger leurs frères?

MARGUERITE.

Je l'ignore, Marthe. Mon mari ne m'a rien dit de ces projets, s'ils existent. Épouse et mère, j'accepte la patience, et je voudrais que tous les cœurs fussent aussi résignés que le mien. Mais nos ennemis abusent de leur triomphe. Ils veulent nous pousser par le désespoir à la révolte. De nouveaux édits viennent de paraître : on nous défend même la prière en commun, et depuis quelques jours le connétable Anne de Montmorency, réconcilié avec la maison de Lorraine, est de retour dans son château de Chantilly; il a reconquis sa faveur et son crédit : Dieu sait de quel prix il doit les payer, et si sa présence n'est pas le signal d'une persécution plus ardente. Enfin, je tremble : le cœur a des instincts d'effroi dont il ne peut se défendre. Landry ne revient pas! Marthe, n'avons-nous pas ce soir entendu gronder le tonnerre? ouvre un instant cette fenêtre, et regarde si l'orage s'éloigne ou s'approche.

Marthe va à la fenêtre et l'ouvre.

MARTHE, *à la fenêtre.*

Le ciel est sombre et le vent souffle avec violence... Ah! madame!...

MARGUERITE.

Qu'y a-t-il?

MARTHE.

Un homme traverse la place.

MARGUERITE, *se levant.*

Tu as reconnu mon mari?

MARTHE.

La nuit est trop obscure pour que je puisse distinguer ses traits. Mais c'est lui sans doute; il se dirige de ce côté. (*Elle referme la fenêtre.*) Je vais ouvrir.

Elle ouvre la porte.

MARGUERITE.

Landry!

SCENE II.

MARTHE, CLAUDE STOCQ, *sur le seuil de la porte,* MARGUERITE, RAOUL, *toujours endormi.*

MARGUERITE, *reculant.*

Ah!

STOCQ, *ôtant son chapeau et écartant son manteau.*

Me reconnaissez-vous, madame?

MARGUERITE.

Claude Stocq!

STOCQ, *avec une ironie amère.*

Sept années de séparation n'ont pas effacé mes traits de votre mémoire. La haine se souvient comme l'amour.

MARGUERITE, *à part*

Que me veut-il?

MARTHE, *qui s'est rapprochée de lui.*

Madame n'ose peut-être pas vous dire qu'elle ne peut vous recevoir.

STOCQ.

Taisez-vous. (*A Marguerite.*) Il faut que je vous parle, madame, et ce que j'ai à vous dire n'a pas besoin de témoin. Faites retirer cette femme.

MARGUERITE.

Monsieur, mon mari va rentrer.

STOCQ.

Non.

MARGUERITE.

Qu'en savez-vous?

STOCQ.

Il est retenu dans un conciliabule de huguenots assemblés à l'autre bout de Senlis. Mais d'ailleurs, dût-il me surprendre ici et s'offenser de ma présence, vous savez bien, madame, que je ne suis pas homme à reculer devant un obstacle quel qu'il soit. Je veux vous parler seul, et je vous parlerai seul : dites à cette femme de sortir... (*apercevant Raoul*) et d'emmener cet enfant. (*Il s'approche de Raoul et écarte ses cheveux.*) Un bel enfant qui vous ressemble!

RAOUL, *ouvre les yeux et voit Stocq devant lui.*

Ma mère!

Il se serre contre elle et regarde Stocq avec effroi.

MARGUERITE.

Va, mon fils.

Elle l'embrasse et le remet à Marthe.

STOCQ, *suivant Raoul des yeux.*

Moi aussi, j'aurais bien aimé mes enfans!

Raoul sort avec Marthe par la porte du second plan à droite.

SCENE III.

MARGUERITE, STOCQ.

STOCQ, *regardant autour de lui.*

Personne ne peut nous entendre.

MARGUERITE.

Personne. Qu'avez-vous donc à me dire? ce mystère...?

STOCQ.

C'est plus pour vous que pour moi qu'il est nécessaire. Asseyez-vous. (*Marguerite s'assied. Stocq approche un fauteuil et s'appuie dessus en regardant Marguerite.*) Marguerite, je vous aime toujours.

MARGUERITE, *se relevant.*

Monsieur, vous oubliez que je suis mariée.

STOCQ.

Je m'en souviens, au contraire... Et cependant, cette première parole qui vous blesse sera aussi la dernière que je vous adresserai... Écoutez-moi! Tout ce que j'ai à vous dire est renfermé, comme dans un cercle fatal, entre ces mots; et, quelque étranges et insensés qu'ils vous paraissent d'abord, attendez pour m'imposer silence que j'aie vu la honte courber votre front...

MARGUERITE.

La honte!...

STOCQ.

Et que, pour vous relever, je vous aie tendu la main, en vous répétant : Marguerite, je vous aime toujours.

MARGUERITE.

Quel malheur avez-vous donc à m'annoncer?... Parlez, monsieur; c'est moi qui vous le demande maintenant.

STOCQ, *lui faisant signe de se rasseoir.*

Il y a aujourd'hui même sept années que mon père me présenta au vôtre... Je vous vis, et je vous aimai... Deux mois après, notre mariage fut arrêté... J'avais depuis quelque temps quitté le connétable Anne de Montmorency, auquel je servais de secrétaire. Il fut convenu entre nos deux familles qu'en attendant le jour de notre union, fixée à l'année suivante, j'irais à Paris étudier la médecine sous Ambroise Paré. Confiant dans votre promesse, je partis...

MARGUERITE.

Pourquoi rappeler un temps qui n'est plus?...

STOCQ.

Vous le saurez tout-à-l'heure. (*Il s'assied.*) Je partis, Marguerite; mon père mourut, et avant l'année révolue on me fit savoir qu'au mépris de la parole offerte et reçue, votre cœur et votre main étaient donnés à un autre.

MARGUERITE.

Monsieur, je devais obéir aux volontés de mon père, aux désirs du vôtre... Je vous acceptais pour époux sans murmurer; car alors je n'avais ni haine ni amour... mais depuis... pardonnez...

STOCQ.

Ne cherchez pas à vous justifier... Je sais que souvent nous ne sommes pas libres de nos sentimens : nous aimons qui nous hait; nous haïssons qui nous aime. Je n'ai rien à apprendre sur ces secrets du cœur, et je ne suis pas venu ici pour me plaindre. Laissez-moi achever... Je refusai d'abord de croire à cette nouvelle, et j'accusai de mensonge celui qui me l'apportait. Quand je ne doutai plus, le désespoir me rendit furieux. Je quittai Paris précipitamment, comme un insensé, et je marchai tout le jour, choisissant entre toutes les vengeances la plus cruelle et la plus sanglante. Tantôt c'était un duel, un duel implacable, à mort, avec cet homme; tantôt je souriais en me disant que je pouvais perdre celui qui avait égaré votre esprit, en semant entre vous et lui le germe impur d'une fausse croyance, et qui vous avait fait déserter par l'amour la foi de vos pères... Oui, je pouvais le perdre : un mot de moi, et la tête d'un protestant appartenait au bourreau. (*Marguerite fait un mouvement d'effroi.*) La nuit suivante, j'arrivai jusqu'à votre porte, Marguerite; mais là, au moment d'entrer, au moment de troubler par ma présence la joie de vos fiançailles, je m'arrêtai, soit que votre image se plaçât entre lui et moi, soit plutôt qu'une voix secrète me dit : Attends!... Je m'éloignai donc sans vous avoir instruite de mon arrivée, sans avoir vu l'homme qui devenait votre époux. Les motifs qui m'avaient séparé du connétable n'existant plus, je retournai près de lui. Il avait besoin de moi; je connaissais tous les secrets de sa politique. Je l'ai accompagné partout où la guerre l'a appelé... J'ai vécu ainsi dans le tumulte des camps, ou au milieu des intrigues des cours, demandant en vain à l'ambition de me donner l'oubli de l'amour... Il y avait dans mon cœur un vide que rien ne pouvait remplir, dans ma vie passée une vengeance assoupie, mais non éteinte, et qui se rallumait par intervalle... et cependant j'ignorais votre sort, j'ignorais jusqu'au lieu que vous habitiez; je ne m'informais de rien, comme si le hasard seul eût dû me conduire à une heure marquée devant cet homme que je croyais n'avoir jamais vu, et me dire : Il est temps!

MARGUERITE.

Vous connaissez mon mari?

STOCQ, *rapprochant son siége.*

Hier, je traversais les rues de Senlis... j'y fis successivement la rencontre de deux hommes. Le premier était mon ancien maître, Ambroise Paré. Pendant que nous causions ensemble, un autre homme passa devant nous : à son aspect, la surprise me rendit immobile et muet; je crus voir une ombre... et je regardai Ambroise Paré, qui, comme moi, était interdit, et posait le doigt sur sa bouche en signe de discrétion... Je me retournai, et je vis cet homme qui s'éloignait après avoir adressé quelques paroles à une femme du peuple... Je courus à elle, et je lui demandai : Le nom de celui qui vous quitte? — Landry. — Il habite Senlis? — Oui; c'est le mari de Marguerite Pelvé. — En ce moment, Ambroise Paré me rejoignit, et je lui dis : — Maître, vous êtes troublé, ainsi que moi; vous connaissez celui qui vient de passer... Est-ce une vision que nous avons eue?... ou si c'est Savigny? comment les morts sortent-ils du tombeau, et qui donc leur rouvre les portes de la vie? C'est bien Savigny, n'est ce pas? — Oui, me répondit-il... mais, venez, et je vous dirai tout... Marguerite, vous êtes calme... vous m'écoutez sans terreur... vous ne savez donc rien?

MARGUERITE.

Rien... et je ne puis comprendre quel rapport existe entre mon mari et celui que vous appelez Savigny.

STOCQ.

Vous ne savez pas qu'il y a près de huit ans, le baron de Rochemore fut assassiné la nuit, dans une forêt de la Guienne, voisine de son château; que le meurtrier fut arrêté, condamné au supplice de la corde, et qu'il s'appelait le marquis de Savigny...

MARGUERITE.

Eh bien?...

STOCQ.

Eh bien! cet homme retranché du nombre des

vivans, dont j'avais vu le cadavre balancé par le vent entre la terre et le ciel... hier je me suis trouvé face à face avec lui, vous dis-je... Il se fait appeler Landry... c'est votre époux !...

MARGUERITE, *se levant.*

Lui !...

STOCQ, *se levant.*

Lui... sauvé, rappelé à la vie par Ambroise Paré...

MARGUERITE.

Landry... un assassin !... non... non... cela ne se peut...

STOCQ.

Ne me croyez pas encore, Marguerite... Comme vous, si j'étais resté jusqu'à ce jour dans l'ignorance, ma raison se refuserait à comprendre... Comme vous, je dirais : Vous mentez !... comme vous, je demanderais des preuves...

MARGUERITE.

Je les attends...

STOCQ.

Écoutez donc ce que me dit Ambroise Paré... L'exécution du coupable eut lieu la nuit, aux flambeaux... Lorsque la foule se fut retirée, le corps fut détaché par le bourreau, et livré, comme celui des malfaiteurs privés de sépulture, à Ambroise Paré, qui l'avait acheté. Déjà il s'était penché sur ce corps qu'il croyait inanimé; mais, tout-à-coup, sous la main qui cherchait dans la mort les secrets de la vie, le sang jaillit d'une première blessure. Mon maître se trouble, le fer échappe à ses doigts tremblans... Il ne voit plus qu'une victime, et non un assassin... Dieu a fait un prodige, s'écrie-t-il, et il m'a donné la science pour faire vivre, et non pour tuer... Alors, cet homme, il le veille, il l'entoure de soins, le cache à tous les regards... et la vingtième nuit, seul, sans guide et sans soutien, Savigny, sauvé par un double miracle, quitte cette chambre où on l'avait jeté comme dans un tombeau, et fuit de cette ville qui avait vu son supplice, pour braver ailleurs sous un autre nom la justice humaine.

MARGUERITE.

Landry !

STOCQ.

Est-ce assez, Marguerite ?... Les paroles peuvent être accusées de mensonge, elles ne laissent pas de trace; mais la vérité a d'autres témoignages plus certains : la main d'Ambroise Paré l'a écrite en caractères ineffaçables sur le meurtrier.. Marguerite, ne porte-t-il pas au côté gauche du cou la cicatrice d'une blessure profonde ?

MARGUERITE.

Taisez-vous !... taisez-vous !... Par quel démon êtes-vous donc envoyé pour me torturer ainsi ?... Landry... un assassin !... lui, mon époux !... le père de mon enfant !... Oh ! mon Dieu ! pourquoi permettez-vous que le soupçon puisse entrer seulement dans mon cœur !... Je devrais le repousser, et je tremble !... Mais je serais perdue, et mon

fils avec moi !... Perdus, déshonorés tous deux !... obligés de fuir !... marqués au front par l'infamie !... Si ce qu'il dit est vrai, mon époux me fait horreur, et le monde me repousse...

STOCQ.

Marguerite !...

MARGUERITE, *tendant les mains vers lui.*

Qu'avez-vous encore à m'apprendre ? Rien de plus !.. rien de plus !.. grâce et pitié pour moi et mon fils !

STOCQ.

Marguerite, je vous aime toujours.

MARGUERITE.

Ah !

STOCQ.

Vous êtes toujours pour moi celle que j'ai connue si belle et si pure.

MARGUERITE, *reculant.*

Laissez-moi.

STOCQ.

Cet homme m'avait pris mon trésor, et je le retrouve aujourd'hui.

MARGUERITE.

Qu'osez-vous donc penser ? Non, je ne vous crois pas, mais je vous comprends maintenant : c'est une fable inventée pour le perdre à mes yeux... vous ne pouviez l'arracher de mon cœur que par la calomnie, et vous le calomniez.

STOCQ.

J'ai dit la vérité.

MARGUERITE.

Il est innocent ! Folle que je suis de m'être troublée, d'avoir écouté un instant de telles paroles ! Ah ! vous ne les diriez pas pas devant lui !

UNE VOIX, *de la rue.*

Marguerite !

MARGUERITE.

C'est lui ! j'ai reconnu sa voix ! (*Elle court ouvrir la porte d'entrée.*) Parlez donc maintenant.

~~~~~~

SCÈNE IV.

MARGUERITE, LANDRY, CLAUDE STOCQ.

MARGUERITE.

Viens ! viens, Landry ! (*Landry s'arrête au fond et regarde tour à tour sa femme et Stocq. A part.*) Ah ! je n'ose plus l'interroger.

LANDRY.

Un homme chez moi, à cette heure !

Stocq a repris son manteau : son attitude est froide et assurée.

LANDRY, *s'avançant vers lui.*

Qui êtes-vous, monsieur ? et qui vous a amené ici ?

STOCQ.

Madame pourra vous en instruire si elle le juge convenable; quant à moi, je m'éloigne.

LANDRY, *avec ironie.*

Pas avant de m'avoir appris qui m'a fait l'honneur d'entrer dans ma maison; vous me direz votre nom, que j'ignore.
~~~~~~

STOCQ.

C'est un avantage que j'ai sur vous, monsieur, car je sais le vôtre. (*Il passe près de Marguerite; bas.*) Je vous reverrai, Marguerite. (*Haut, et se retournant vers Landry.*) Adieu, marquis de Savigny.

Landry, qui s'était avancé vers lui, recule ; Marguerite semble atterrée; Stocq les regarde un moment et sort.

SCENE V.

MARGUERITE, LANDRY.

Marguerite s'est appuyée contre un meuble. Moment de silence.

MARGUERITE, *levant lentement les yeux sur Landry.*

C'est donc vrai, mon Dieu!

LANDRY.

Que veux-tu dire, Marguerite? pourquoi ce nom t'a-t-il troublée?

MARGUERITE.

Mais vous-même, pourquoi tremblez-vous? pourquoi avez-vous pâli?

LANDRY.

Moi?

MARGUERITE.

Pourquoi avez-vous laissé sortir cet homme sans lui demander compte de l'insulte qu'il vous a jetée à la face? car ce nom c'est celui d'un meurtrier?

LANDRY.

Silence!

MARGUERITE.

Et la victime était le baron de Rochemore; et c'est Ambroise Paré qui l'a rappelé à la vie, et l'assassin porte au côté gauche du cou la cicatrice d'une blessure profonde. Ah! malheureuse!

LANDRY.

Marguerite!

MARGUERITE.

Mais dites donc que vous êtes innocent! Quoi! pas un mot! rien pour vous justifier! Tout ce qu'il m'a dit est vrai!

LANDRY.

Oui, tout est vrai, sauf le crime dont on m'accuse; un autre l'a commis, et j'en ai porté la peine.

MARGUERITE.

Un autre!

LANDRY.

Il faut tout t'apprendre, Marguerite. J'ignore quelle haine a délié la langue de cet homme; mais, puisqu'il a soulevé le voile qui couvrait ce fatal secret, eh bien! moi, à mon tour, je le déchire en entier. (*Il va fermer le verrou de la porte d'entrée.*) Oui, je suis le marquis de Savigny. Une nuit, il y a huit ans, je traversais, sous un déguisement, la forêt de Talemond, dans la province de Guienne, que j'habitais. Comme aujourd'hui, ma croyance était proscrite: je fuyais la mort qui me menaçait. Après avoir vainement erré sur le rivage, où une barque m'attendait, je revins sur mes pas, et, près des ruines d'une vieille chapelle, je heurtai le corps d'un homme qu'on venait d'assassiner; c'était le baron de Rochemore *, celui-là même qui avait reçu du roi l'ordre de m'arrêter, et qu'à prix d'argent j'avais engagé un bûcheron de la forêt à retenir chez lui. Cet homme, effrayé, et m'accusant de ce meurtre, crie au secours. Des soldats accourent à ses cris et s'emparent de moi ; le baron expira sans avoir pu me justifie.. Voilà ce que le hasard a fait ; voici ce que les hommes ont jugé.

MARGUERITE.

Ils n'ont pas cru à ton innocence?

LANDRY.

Mes sermens, une vie toute entière d'honneur et de loyauté, tout vint se briser contre l'aveuglement de mes juges, s'anéantir devant le témoignage de ce bûcheron, devant une preuve mensongère, un poignard trouvé auprès du cadavre, et qui, par une fatalité inexplicable, portait gravées sur sa lame, des lettres initiales qui pouvaient s'appliquer à mon nom. Puis, le baron de Rochemore était un catholique fougueux ; l'opinion publique se souleva contre moi : on eût dit qu'un démon invisible troublait la raison de mes juges, fermait leurs yeux à la lumière. Mes biens furent saisis, et l'on prononça mon arrêt. Tu sais le reste, Marguerite, puisqu'on t'a dit le nom d'Ambroise Paré.

MARGUERITE.

Oui, je sais qu'il te sauva.

LANDRY.

Que ne m'a-t-il laissé mourir!

MARGUERITE.

Qu'il soit béni, au contraire, pour ce qu'il a fait!

LANDRY.

Tu ne me crois donc plus coupable, Marguerite? tu peux donc m'aimer encore?

MARGUERITE.

Moi!

Elle l'entoure de ses bras; il tombe sur le fauteuil.

LANDRY.

Ce que j'éprouvai quand je remis le pied sur cette terre, où ma trace était effacée, où il ne restait plus de moi qu'un souvenir infâme, la langue n'a pas de mots pour l'exprimer. J'avais vécu trente ans, et ces trente années étaient tombées, sans m'entraîner avec elles, dans l'éternité. Il y avait derrière moi un abîme où je ne pouvais regarder sans avoir le vertige, la mort! et devant moi un désert, l'avenir sans famille, sans patrie... Je n'avais pas même ce que le plus misérable reçoit en naissant; et je me souviens qu'assis tristement sur le bord du chemin, je mêlai ensemble les lettres dont les hommes ont formé leur langage et je remis au hasard le soin de me donner un nom : c'est ainsi que je m'appelai Landry. Cependant je repris courage : il me sembla que pendant ce court espace de temps où mon cœur avait cessé de battre, ma tête de penser, mon âme

* Si l'on joue la pièce sans le Prologue, on devra modifier ainsi ce passage :

« C'était le baron de Rochemore, envoyé par le roi pour se réconcilier avec le connétable de Montmorency, son ennemi; il lui portait une liste de proscrits sur laquelle mon nom était écrit, et j'avais engagé à prix d'argent un bûcheron de la forêt à le retenir jusqu'à mon départ. »

avait comparu devant **Dieu**, et que, puisqu'il ne l'avait pas retenue à lui, il fallait me résigner à ses mystérieux desseins. Je quittai la Guienne et je ne m'arrêtai que dans cette partie de la France, éloignée du théâtre de ces étranges événemens, ne sachant encore si je devais remercier le ciel d'avoir changé pour moi les lois de la mort... Mais je te connus, Marguerite! là commence ma faute, la seule dont je sois coupable.

MARGUERITE.

Toi! qu'as-tu donc à te reprocher? te repens-tu de m'avoir aimée?

LANDRY.

Je cédai trop facilement à l'attrait qui m'attirait vers toi... mais que veux-tu? (*se levant*) parmi tous les biens que le passé avait pu me prodiguer, le plus doux de tous, m'était resté inconnu, l'amour. Par lui, je commençais réellement à vivre: c'était un sentiment jeune et nouveau pour moi, le seul qui n'eût ni amertume ni regret, et que n'obscurcit pas ce triste et sombre reflet de la tombe que je traîne après moi. Voilà pourquoi je t'aimai, Marguerite; et comme j'étais proscrit parmi les hommes, je trouvai une douceur secrète à te faire partager une croyance proscrite elle-même. Insensé!... j'aurais dû retirer de ta main cette main qui a senti et retenu le froid de la mort; j'aurais dû prévoir que, le jour où le masque se briserait sur mon visage, j'entraînerais aussi dans ma ruine ton repos et ton bonheur! Marguerite, pardonne-moi et n'apprends pas à mon fils à me maudire.

MARGUERITE.

Oh! jamais! jamais! quel que soit ton sort, je serai heureuse de le partager. Tu étais seul dans ton premier exil: aujourd'hui je serai à tes côtés avec ton fils. Nous fuirons ensemble.

LANDRY.

Fuir!

MARGUERITE.

Il le faut; le danger est près de nous. Cet homme, qui possède ton secret, il est puissant... c'est le conseiller du plus implacable ennemi de notre foi, du connétable... et dans sa bouche cette révélation est une menace de vengeance!

LANDRY.

Une vengeance! mais je ne le connais pas.

MARGUERITE.

Je le connais, moi; c'est Claude Stocq! C'était à lui que ma main avait été promise d'abord, et j'ai dédaigné autrefois son amour pour le tien, et il m'aime encore!

LANDRY.

Lui! ah! pourquoi l'ai-je laissé sortir?

MARGUERITE.

Tu le vois, nous avons tout à craindre de son ressentiment... il faut fuir sans retard.

LANDRY.

Pauvre femme! quelle destinée je t'ai faite!

MARGUERITE.

Je ne me plains pas. Tout-à-l'heure, quand je doutais, j'étais faible et tremblante, cet horrible

soupçon me tuait... mais maintenant, la force m'est revenue... ne crains rien pour moi: le dévouement est facile à qui sait aimer... Partons, partons... c'est peut-être la dernière épreuve que le ciel t'a réservée. Proscrit aujourd'hui, ton innocence sera peut-être un jour reconnue.

LANDRY.

Oui, peut-être. Va donc réveiller ton fils.

Il s'est dirigé du côté de la table à gauche, et va pour prendre un flambeau.

MARGUERITE.

Que fais-tu?

LANDRY.

Je vais chercher, pour l'emporter, le seul bien qui me reste.

MARGUERITE.

Que veux-tu dire? et quel bien?

LANDRY.

Le poignard qui a servi de preuve contre moi. Ambroise Paré, convaincu par mes sermens de mon innocence, trouva moyen de le ravoir et me l'a remis quand je le quittai. J'ai détaché une pierre du second pilier, à droite, dans la cave de cette maison, et je l'ai conservé, espérant que, si le hasard ou le soupçon me conduisait en face du véritable assassin, il se trahirait à la vue de cette arme qui lui avait appartenu... Quelque incertain que soit ce témoignage, je ne m'en séparerai pas, et je le léguerai à mon fils. Va réveiller Raoul.

On frappe à la porte: Landry et Marguerite font un mouvement d'effroi.

MARGUERITE, *bas.*

Il me semble entendre le bruit de plusieurs voix. Ah! sa vengeance ne se fait pas attendre. (*Montrant la porte à gauche.*) Fuis par là.

UNE VOIX, *en dehors.*

Ouvrez.

MARGUERITE.

Ce n'est pas lui.

Landry se dirige vers la porte et l'ouvre.

SCENE VI.

MARGUERITE, LANDRY, DAMVILLE, UNE DAME INCONNUE, DEUX SEIGNEURS, BERTHE *et* HENRI, *au fond.*

LANDRY.

Que demandez-vous, messieurs?

DAMVILLE.

L'hospitalité. Vous ne la refuserez pas, monsieur, à des voyageurs égarés et surpris par l'orage; le reste de nos cavaliers a été dispersé. Cette maison est la dernière de Senlis, et cette jeune dame craint de s'aventurer, la nuit, dans un temps comme le nôtre, plein de troubles et de mauvaises passions.

LANDRY.

Qui êtes-vous?

DAMVILLE.

Vous me permettez de ne pas vous le dire.

LANDRY.

Des proscrits peut-être?

DAMVILLE.

Non. Mais, quels que soient les motifs de ma discrétion, n'insistez pas, monsieur, pour les savoir; et comme je suis venu avec confiance et sans vous connaître frapper à votre porte, recevez-moi de même, pour cette nuit seulement.

LA DAME.

Pour cette nuit, madame. Vous me trouvez sans doute bien craintive de n'oser continuer ma route sous la protection de trois défenseurs, et bien importune de venir jeter le trouble dans votre maison. Mais je puis laisser ici des traces de mon passage. Mettez-vous un prix à votre hospitalité?

MARGUERITE.

Que Dieu me la compte seulement comme une bonne action, madame, et qu'elle nous porte bonheur !

DAMVILLE.

Je vous remercie, car nous avons cru apercevoir aux environs quelques hommes suspects.

MARGUERITE, *bas à Landry.*

Un instant de retard peut te perdre : va, et fuis par cette issue. Demain, j'irai te rejoindre avec ton fils près de la ferme de Saintac...

LANDRY.

Marguerite, n'oublie pas...

MARGUERITE.

Sois tranquille... le second pilier à droite...

LANDRY.

Vous m'excuserez, messieurs, si je me retire; la fatigue...

DAMVILLE

Allez, monsieur, allez.

LANDRY, *bas à Marguerite.*

A demain.

MARGUERITE, *de même,*

A demain !

Landry sort par la porte à gauche.

SCENE VII.

LES MÊMES, *excepté Landry*

Marthe est rentrée.

MARGUERITE, *montrant les deux portes à droite.*

Ces deux portes conduisent à deux chambres éloignées de celle-ci ; vous pourrez y reposer sans que votre sommeil soit troublé.

LA DAME.

Merci. Au point du jour nous partirons. A quelle distance sommes-nous du village de Creil?

MARGUERITE.

A trois lieues seulement.

LA DAME, *à Damville.*

C'est là, n'est-ce pas, que nous devons retrouver l'abbé de Nangis? je ne regrette plus maintenant qu'il ait pris une autre route et nous ait quittés ce matin.

DAMVILLE.

Il ne compte pas les heures qu'il passe loin de vous, lui qui peut vous suivre hors de France!... Ordonnez-vous à vos chevaliers, madame, de veiller cette nuit à votre porte?

LA DAME.

Non. Adieu !

Elle tend la main à Damville qui la baise respectueusement et entre dans la chambre du premier plan ; Berthe la précède avec un flambeau que Marthe lui a remis.

MARGUERITE, *à Marthe.*

Tu conduiras mon fils dans l'autre corps de logis; c'est là que je coucherai cette nuit.

MARTHE.

Oui, madame.

Elle sort par la deuxième porte à droite.

DAMVILLE, *aux deux seigneurs.*

Allons, messieurs... (*A Henri.*) Henri !

HENRI.

Oui, monseigneur.

Damville entre dans la chambre du deuxième plan à droite. Henri reste et se couche devant la porte de Marie.

MARGUERITE.

Que faites-vous, monsieur?

HENRI.

Mon devoir.

Il se place de manière à être à peine vu du public.

SCENE VIII.

MARGUERITE, *seule.*

Voici donc les dernières heures que je passerai dans cette maison où mon fils est né, où je croyais vivre et mourir. Nous, qui donnons cette nuit l'hospitalité, demain trouverons-nous un asile? Quelle nuit ! A présent que je suis seule, je puis pleurer... Allons, il ne me reste plus d'espoir qu'en vous, mon Dieu ! et vous ne m'abandonnez pas tout-à-fait, puisque déja Landry est sauvé.

Marthe rentre avec Raoul, et les deux femmes sortent avec lui par la porte de droite.

ACTE DEUXIÈME.

Même décoration. Il fait nuit.

SCENE PREMIERE.

ÉVRARD, LANDRY, URBAIN.

En entrant par le fond, Évrard et Urbain tiennent Landry chacun par un bras. Toute cette scène est dite à voix basse.

LANDRY, *se dégageant pendant que les autres referment la porte.*

Que me voulez-vous? pourquoi m'arrêter? pourquoi me ramener ici?

URBAIN.

C'est à toi, Landry, de répondre à nos questions...

LANDRY.

Oseriez-vous m'accuser?

ÉVRARD.

Nous le pouvons avec justice; n'as-tu pas violé le premier de nos sermens? Nul de nos frères en religion ne doit quitter sa demeure sans avertir ses compagnons de péril; chacun de nous appartient à sa cause; qui la délaisse, la trahit. Tu fuyais pendant la nuit, seul, avec rapidité: explique-nous tes motifs.

URBAIN.

S'ils sont justes, nous te laisserons aller. Parle.

LANDRY.

Je ne le puis; mais je jure sur cette Bible, Éverard, Urbain, je vous jure que jamais la pensée d'une trahison n'est entrée dans mon ame.

ÉVRARD.

D'où vient donc que cette nuit même, tu as reçu dans ta maison des ennemis de notre foi?

LANDRY.

Que veux-tu dire, et de qui parles-tu?

ÉVRARD.

De tes hôtes; ne les connais-tu pas?

LANDRY.

Non.

ÉVRARD *et* URBAIN.

Landry!

LANDRY.

Tuez-moi, si je vous en impose. Une femme, accompagnée de quelques cavaliers, m'a demandé un asile pour la nuit; l'orage grondait, j'ai ouvert ma porte; voilà tout. Quelle est donc cette femme?

ÉVRARD.

Cette femme? ah! vrai Dieu! livrée entre nos mains, ce sera un otage puissant, ce sera le bouclier de notre parti, ce sera une arme menaçante contre MM. de Guise et de Montmorency.

LANDRY.

Nomme-la.

ÉVRARD.

Marie Stuart.

LANDRY.

La reine de France

URBAIN.

Oui, la veuve du dernier roi, la nièce des Guises, maintenant reine d'Écosse, et qui retourne dans ses nouveaux états.

LANDRY.

Marie Stuart!

ÉVRARD.

Je l'ai reconnue, et parmi ses chevaliers, le plus fidèle, le plus dévoué de tous, Damville, le fils de ce connétable, notre ardent persécuteur. Si tu es de bonne foi, Landry, prouve-le en nous livrant les ennemis que le ciel a remis en ton pouvoir.

LANDRY.

Vous les livrer?

ÉVRARD.

Tu hésites?

LANDRY.

Non, mais comment?

ÉVRARD.

Ils dorment?

LANDRY, *montrant la droite.*

Là.

ÉVRARD, *s'avançant.*

Un page couché à l'entrée de cette chambre!... s'il ne fallait qu'un seul coup bien dirigé...

Il porte la main sur sa dague.

LANDRY, *se mettant au-devant de lui.*

Un meurtre! malheureux!... y pensez-vous? quelle imprudence! un seul cri peut nous trahir... on surviendrait!... nous ne sommes pas en force...

ÉVRARD.

Tu as raison... eh bien, surveille-les avec Urbain, empêche qu'ils ne s'échappent... Pendant ce temps je vais avertir nos amis, qui avant une heure seront rangés devant cette porte. Je puis me fier à toi?

LANDRY.

Vous reste-t-il des soupçons?

ÉVRARD.

S'il nous en restait, tu ne vivrais plus. Attendez-moi; silence.

Il sort.

SCENE II.

LANDRY, URBAIN, *puis* MARTHE.

LANDRY, *regardant en dehors.*

Il s'éloigne, je n'ai qu'un instant... (*Il va à la porte de la chambre à gauche, et appelle à voix basse.*) Marthe! Marthe!

MARTHE, *entrant.*

Vous ici, maître? Faut-il éveiller madame Marguerite?

LANDRY.

Non; mais écoute-moi...

Il lui parle bas.

MARTHE.

Seigneur, mon Dieu!

Marthe va au fond, et entre rapidement dans la deuxième chambre à droite.

URBAIN, *revenant.*

Landry! que veut dire ceci?

LANDRY, *allant à la porte de la première chambre et frappant sur l'épaule de Henri.*

Debout, jeune homme! debout! un grand danger menace votre souveraine.

HENRI, *se levant.*

Du danger!

Henri entre dans la chambre.

URBAIN, *à Landry.*

Malheureux, tu nous trompais!

LANDRY.

Ah! vous avez cru que je vous livrerais les hôtes que le ciel a envoyés sous mon toit? une reine, une jeune femme bien innocente de nos malheurs! non, non, remerciez-moi! je vous épargne un crime en m'épargnant une lâcheté.

URBAIN.

Ah! ne crains-tu pas...?

LANDRY.

Point de menaces; je suis armé comme toi, et dans un instant tu seras seul contre plusieurs hommes... Va-t'en. Si je n'ai pas voulu livrer mes hôtes à mes amis, je ne livrerai pas non plus mes amis à mes hôtes.

URBAIN.

C'est ainsi que Landry sert la cause de ses frères...

LANDRY.

A cette sainte cause j'ai dévoué ma vie, mais non pas mon honneur. Porte-leur cette parole; ce sera un compte à régler entre nous.

Urbain sort par le fond.

SCENE III.

LANDRY, DAMVILLE, GENTILSHOMMES, *puis* MARIE STUART, *puis* MARIE.

On apporte des flambeaux.

DAMVILLE, *à Landry.*

Qu'est-ce donc, monsieur? que se passe-t-il? où sont nos ennemis? nous voilà prêts à nous défendre. A-t-on prévenu la reine?

MARIE, *entrant.*

Me voici.

Henri et Berthe paraissent derrière elle.

LANDRY, *mettant un genou en terre devant la reine.*

Que votre majesté me pardonne si je n'ai pas d'asile plus sûr à lui offrir. Marie Stuart a été reconnue; un parti menace votre personne. Marthe est allée chercher du secours, mais elle peut revenir trop tard, et malgré la valeur de vos chevaliers, la fuite est nécessaire. Souffrez que je réclame l'honneur de vous conduire jusqu'au château du connétable.

DAMVILLE.

Non, monsieur; c'est à moi seul de remettre ma souveraine sous la protection de mon père, et je jure qu'aucun autre...

MARIE, *souriant.*

Taisez-vous, Damville; votre zèle fait tort à ce loyal serviteur. (*A Landry, qui s'est relevé.* Qui êtes-vous, monsieur?

LANDRY.

Landry, bourgeois, calviniste.

DAMVILLE.

Un calviniste! et ceux qui nous menacent, de quelle religion sont-ils donc?

LANDRY.

De la mienne.

DAMVILLE.

Et vous voulez nous protéger contre eux?

LANDRY.

Cela vous étonne, monseigneur?

DAMVILLE, *à Marie.*

Prenez garde, madame, tout ceci peut cacher un piège.

LANDRY.

Que Dieu vous pardonne ce soupçon! Quelle sûreté, quel gage demandez-vous? Emmenez ma femme et mon fils; arrêtez-moi, tenez, voilà mon épée, je vous la rends: privez la reine d'un défenseur, mais, au nom du ciel, sauvez-la! fuyez sans perdre une minute!

MARIE.

Landry, gardez votre épée, et guidez-nous hors de cette maison... Allons, messieurs.

On entend frapper.

DAMVILLE.

Seraient-ce déjà nos ennemis?

LA REINE.

O ciel!

DAMVILLE, *tirant l'épée.*

Ne craignez rien, madame.

LANDRY.

Il faudra qu'ils passent sur mon corps... Je vais les retenir à cette porte... fuyez par là...

Il indique la gauche.

UNE VOIX *en dehors.*

Au nom du roi et du connétable!

LANDRY.

Qu'entends-je?

MARIE.

Au nom du roi?... ouvrez.

Landry va ouvrir.

SCENE IV.

MARIE, DAMVILLE, STOCQ, *paraissant au fond avec des soldats,* LANDRY.

LANDRY, *reculant.*

Claude Stocq!

STOCQ, *s'avançant vers Landry.*

Landry, tu es mon prisonnier.

DAMVILLE, *à Stocq, qui a gardé son chapeau.*

Monsieur, vous oubliez la présence de la reine.

STOCQ.

La reine! (*Se découvrant.*) Marie Stuart!... monseigneur Damville dans cette maison!

DAMVILLE.

Si vous l'ignoriez, qu'est-ce donc qui vous amène ?

STOCQ.

Mon devoir : chargé par le connétable de guider le chef de ses compagnies, j'ai fait arrêter quelques huguenots qui se rassemblaient aux environs, et nous venons nous assurer du plus dangereux de tous, de celui qui présidait leurs conciliabules.

MARIE.

Votre secours vient à propos nous délivrer d'un grand péril. Près d'être enveloppés par les gens que vous avez saisis, nous n'avions plus d'espoir que dans le dévouement de notre hôte; ainsi, monsieur, ne le confondez point avec nos ennemis, et rendez-lui la liberté!

STOCQ.

Excusez-moi, madame, je ne le puis.

MARIE, *avec hauteur.*

Vous dites, monsieur...

STOCQ.

J'ai des ordres.

MARIE.

Et quand Marie Stuart vous en donne d'autres?

STOCQ.

Il y a quelques jours, je me serais hâté d'obéir à ma souveraine.

MARIE.

Et aujourd'hui ?...

STOCQ.

J'obéis à mon roi Charles IX.

LANDRY, *à Stocq.*

Ah! tu n'obéis qu'à ta haine.

MARIE.

Il suffit : je vous ai compris, monsieur; je ne suis plus reine en France, n'est-il pas vrai? et les prières d'une simple femme auraient peu de crédit sur un homme tel que vous? eh bien! il me reste encore quelques richesses; fixez vous-même la rançon de votre prisonnier.

STOCQ, *souriant avec mépris.*

De l'or!... et que dirais-je au connétable?

DAMVILLE.

Vous lui direz que son fils a réclamé la liberté de cet homme.

STOCQ.

Monseigneur, si jamais j'ai l'honneur de vous appartenir, vous aurez, comme votre illustre père, un serviteur incorruptible. (*Aux soldats.*) Qu'on emmène Landry dans la chambre voisine.

MARIE.

Quelle dureté opiniâtre! Comte, vos tablettes.

Damville lui donne ses tablettes, sur lesquelles elle écrit rapidement.

LANDRY, *à Stocq, qui a donné l'ordre de le désarmer.*

Claude Stocq, si tu n'es pas un lâche, laisse-moi mes armes.

STOCQ, *avec ironie.*

Un défi! je l'accepterai suivant les règles, mon gentilhomme, quand tu nous auras dit ton nom.

LANDRY, *desespéré.*

Ah!... prends donc ma vie... mais Marguerite, grand Dieu!... (*A Marie.*) Ah! madame, je recommande à votre majesté ma femme et mon enfant.

MARIE.

Prenez courage, Landry; il ne sera pas dit que vous aurez servi Marie Stuart sans qu'elle puisse vous récompenser; et quant à ceux qui vous sont chers, (*avec fierté*) à moins que je ne sois prisonnière aussi, je vous réponds de leur sûreté.

LANDRY.

Que Dieu vous le rende, madame!

Il sort, emmené par les soldats dans la chambre du deuxième plan, à droite.

SCENE V.

MARIE, DAMVILLE, STOCQ, GENTILSHOMMES.

STOCQ, *s'avançant.*

Madame...

MARIE, *avec un geste hautain.*

Vous nous gênez, monsieur, éloignez-vous.

Stocq se retire.

MARIE, *à Damville.*

Comte de Damville, cette circonstance avancera l'heure de notre séparation : espérez-vous fléchir votre père ?

DAMVILLE.

Hélas! madame, il m'a vu à ses genoux, implorant la grâce de mon ami le plus cher, et il m'a repoussé sans pitié... Funeste époque, où les conseils de la haine ont plus de pouvoir que les prières d'un fils.

MARIE.

Eh bien! il faut que vous vous rendiez à Paris sans délai, et que vous remettiez au roi notre frère mon humble requête en faveur de ce malheureux; vous l'appuierez vous-même, et vous réussirez, je n'en doute pas. (*Avec émotion.*) Adieu, Damville: depuis ma sortie du Louvre, voici pour moi le moment le plus pénible, l'épreuve la plus déchirante... En quittant un si loyal serviteur, un ami si fidèle, il me semble que je mets déjà le pied hors de cette France que j'aime tant, et que jamais peut-être je ne reverrai.

DAMVILLE, *à genoux.*

Ah! madame, pourquoi faut-il que mes devoirs m'enchaînent aux lieux que vous n'habiterez plus? Que ne m'est-il permis de vous suivre!...

MARIE.

En exil ?... Que serait-ce pour vous, gentilhomme français, si moi, qui ne suis qu'une étrangère, j'éprouve tant de peine en m'arrachant à ma patrie d'adoption?... J'ai le cœur bien serré, allez... j'aimais votre peuple, j'aimais vos plaisirs et vos fêtes... Sais-je ce qui m'attend dans un pays à demi sauvage?... Vous penserez, n'est-ce pas, à votre pauvre reine exilée?... et en regardant ce portrait, que je vous laisse comme un souvenir de tendre amitié, vous prierez pour une faible femme, que la tempête aura chassée loin de ses vrais amis, et qui cherchera vainement un soutien pareil à celui qu'elle va perdre.

DAMVILLE, *bas.*

Oh! vous dites vrai, Marie ; vous avez lu dans mon ame... aujourd'hui seulement j'ai l'audace de vous le dire, Marie, un sentiment plus fort que le respect...

MARIE, *le relevant.*

Silence!... Adieu, adieu! partez, Damville ; je ne vous oublierai jamais... Allez, je le veux!... (*Damville lui baise la main et sort précipitamment. A part.*) Brave et digne chevalier!... je le savais, et moi, moi!... (*Elle se retourne, et apercevant Stocq, elle essuie ses larmes.*) Monsieur, faites-nous préparer une escorte ; dans une heure, nous recevrons les adieux de notre hôtesse.

Elle rentre à droite avec les personnes de sa suite.

SCENE VI.

STOCQ, *seul.*

Orgueilleuse princesse! si jeune et si belle, elle s'étonne de n'avoir pu me fléchir, elle qui exerce tant de séductions sur tout ce qui l'approche. Sans doute elle me croit un ardent fanatique, comme tous ces princes et ces nobles qui usent leur énergie dans de misérables luttes, et s'affaiblissent par des divisions dont nous autres hommes de rien nous profiterons quelque jour! Non, je n'obéis point à un zèle aveugle; mais j'ai un cœur d'acier, moi, un cœur où la passion, une fois entrée, s'imprime profondément et devient ineffaçable. Je méprise ces ames mobiles qu'effleurent mille sentimens morts aussitôt que nés; je n'ai qu'une haine et qu'un amour! deux passions, dont l'une ou l'autre sera satisfaite... A ton choix, Marguerite!... N'est-ce pas elle qui vient de ce côté? Oui... Grâce aux précautions que j'ai prises, elle ne sait rien de ce qui s'est passé cette nuit.

SCENE VII.

STOCQ, MARGUERITE.

MARGUERITE, *sans voir Stocq.*

Enfin, le jour commence à paraître! Quelle nuit! et quel sommeil, incessamment troublé d'images effrayantes!... Il m'a semblé entendre des voix confuses... je m'étais élancée de mon lit; mon fils, effrayé, m'a retenue, et le bruit a cessé... Mon inquiétude me trompait, Dieu soit loué! Dans quelques heures je reverrai Landry, il me rendra la force qui me manque... (*Elle se retourne et aperçoit Stocq.*) Encore lui!

STOCQ.

Ne vous avais-je pas dit que je reviendrais?

MARGUERITE.

Que me voulez-vous?

STOCQ.

Si je reprenais l'entretien interrompu hier au soir, si je répétais le véritable nom de votre époux, oseriez-vous encore lever la tête pour m'accuser de mensonge et de calomnie?

MARGUERITE.

Maintenant, comme hier, je répondrais : Il n'est pas coupable.

STOCQ.

Le marquis de Savigny!...

MARGUERITE.

Je jure qu'il n'est pas coupable!

STOCQ.

Qui vous l'a dit?

MARGUERITE.

Lui! et je le crois... Les hommes l'ont condamné, mais mon cœur est un juge plus sûr.

STOCQ.

Et cependant, il a eu peur, il a fui!

MARGUERITE.

Devant une justice aveugle, devant la haine des méchans.

STOCQ, *affectant du calme.*

Un faux honneur vous égare ; vous croyez que votre sort est attaché au sien : détrompez-vous; les liens qui vous unissaient sont rompus, Landry n'existe pas, ce n'est qu'un être imaginaire ; votre mariage est nul devant les hommes.

MARGUERITE.

Et devant Dieu, monsieur?

STOCQ, *impétueusement.*

Pour vous croire libre, faut-il donc que vous soyez veuve? (*Se reprenant.*) Que devez-vous encore à celui qui vous a trompée? Pensez-y, Marguerite : que vous a-t-il donné en échange de votre amour? la honte et l'infamie pour vous et votre fils.

MARGUERITE.

Et si je les accepte!

STOCQ.

Marguerite, je vous aimais avant lui.

MARGUERITE.

Encore!

STOCQ.

Je puis sécher vos larmes et guérir la blessure que j'ai faite; riche et honoré, je puis...

MARGUERITE.

Plutôt la honte et l'infamie avec lui que la fortune avec vous!

STOCQ.

Marguerite, ne me repoussez pas quand je supplie.

MARGUERITE.

Vos prières sont une lâcheté de plus...

STOCQ.

Prenez garde, ne vous plaisez pas à déchirer ce cœur que vous avez fait saigner une fois; ne lui rendez pas avec le souvenir d'un affront les passions ardentes de la jeunesse, la fièvre qui trouble les sens, la haine qui ne pardonne pas.

MARGUERITE.

Votre haine! mais il la brave maintenant; il

est loin d'ici, il est sauvé... et vous savez bien que votre fureur est impuissante.

STOCQ.

Oui, voilà le secret de ta force... Ah! tu triomphes de penser que je ne puis l'atteindre! mais s'il était là, devant toi, en mon pouvoir, si son arrêt dépendait d'un seul mot, et qu'il fallût me fléchir...

MARGUERITE.

Je crois que je vous braverais encore, car il n'est pas en mon pouvoir de cacher l'horreur que vous m'inspirez!

STOCQ, *furieux.*

Marguerite!

MARGUERITE.

Venu ici pour y jeter le trouble et l'effroi, vous n'y rentrez que pour menacer!... Sortez, vous dis-je; votre présence est un outrage : sortez; à défaut de mon mari, il y a peut-être ici quelqu'un qui ne me refusera pas secours.

STOCQ.

Insensé et misérable, celui qui aime quand il n'est pas aimé!... Il est donc vrai que ni larmes ni prières ne peuvent toucher un cœur qui vous repousse, et qu'il faut répondre à la haine par la haine! Eh bien, j'accepte le sort que vous me faites, et voici ma première réponse. (*Appelant.*) Landry!

Il ouvre la porte de la chambre où est Landry.

SCENE VIII.

STOCQ, MARGUERITE, LANDRY, SOLDATS.

MARGUERITE.

Landry!

Elle se précipite vers lui et l'embrasse.

LANDRY.

Marguerite!

MARGUERITE, *se jetant aux pieds de Stocq.*

Grâce! grâce!

STOCQ.

Il n'est plus temps!... cherchez maintenant qui vous protége!

BERTHE, *annonçant.*

La reine!

SCENE IX.

LANDRY, MARIE, MARGUERITE, STOCQ, BERTHE *et* HENRI, *au fond.*

MARGUERITE.

La reine!... (*Se jetant aux pieds de Marie Stuart.*) Ah! madame! j'embrasse vos genoux! justice et protection contre cet homme; il m'aime, il ose me le dire, chez moi, la nuit; et parce que je l'ai repoussé avec indignation, il poursuit mon mari, il l'arrête, il veut le faire périr, et il triomphe de sa vengeance... Oh! madame, justice et protection!

MARIE, *indignée.*

Oui, vous l'aurez, car c'est bien infâme *!... (*A*

* Landry, Marguerite, Marie, Stocq.

Stocq.) Monsieur, une fois déjà vous avez méprisé mon autorité; ce n'est plus la reine de France qui vous parle, c'est une princesse étrangère; dès ce moment, cet homme fait partie de ma maison; comme tel, je le réclame; porter la main sur lui, ce serait m'offenser moi-même : qu'il soit libre à l'instant, je le veux.

STOCQ.

Avant de vous le rendre, madame, puis-je savoir en quelle qualité vous l'attacheriez à votre suite ?

MARIE.

Que voulez-vous dire ?

STOCQ.

Pour un serviteur obscur, le nom de Landry peut suffire; mais s'il lui faut un nom de gentilhomme...

MARIE.

Eh bien ?

STOCQ.

Je l'engage à reprendre son glorieux titre de marquis de Savigny.

MARGUERITE *et* LANDRY.

Ciel!

MARIE.

Qu'avez-vous dit, monsieur? je n'ai ouï parler que d'un seul marquis de Savigny.

STOCQ.

L'assassin du baron de Rochemore.

MARIE.

Condamné...

STOCQ.

Par la justice du roi.

MARIE.

Et supplicié.

STOCQ.

Mais sauvé par un coup de fortune.

MARIE.

Et cet homme, c'est...?

STOCQ.

Landry.

MARIE, *avec horreur.*

Dieu!

MARGUERITE.

Ah! madame, il est innocent.

LANDRY.

Je l'ai juré devant mes juges, je l'ai juré sur l'échafaud quand je croyais mourir, et je le jure maintenant devant vous, reine, qui avez le droit d'en douter, et devant cet homme, qui, j'en suis sûr, n'en doute pas.

STOCQ.

Que décide votre majesté?

MARIE, *après une pause.*

Landry, je me souviens que cette nuit j'étais en péril, et que vous vous êtes exposé pour moi... tant de bravoure s'accorde mal avec la lâcheté d'un assassin; mais je ne saurais admettre à ma suite un homme atteint par la justice du roi.

MARGUERITE.

Ah! madame!

MARIE.

Rassurez-vous cependant : dans quel pays assez

barbare le glaive des lois se lèverait-il deux fois sur la même tête? quelle main assez cruelle ramènerait à un second supplice la victime qu'un miracle a sauvé du premier? Non, le marquis de Savigny n'existe plus pour ses juges; ainsi, pauvre femme, raffermissez votre cœur; laissez Landry (car je ne lui connais pas d'autre nom), laissez-le attendre l'ordre de délivrance que j'ai demandé pour lui; sa prison ne le gardera pas long-temps. (*A Stocq.*) Monsieur, mon escorte est-elle prête?

STOCQ.

Je vais la rassembler. (*A l'officier des gardes.*) Veillez sur cet homme.

Il sort.

SCENE X.

Les Mêmes, *excepté* STOCQ.

Marie va s'asseoir à droite.

MARGUERITE, *s'approchant de Landry.*

Adieu, Landry; du courage, ne t'afflige pas... tu as entendu ce que m'a dit la reine, tu ne cours aucun danger... quelques jours seulement, quelques heures peut-être, et nous nous reverrons... oui, bientôt; il ne faut pas t'alarmer surtout, Landry...

LANDRY.

Tu pleures?

MARGUERITE

Non, non... pourquoi pleurerais-je? tu reviendras, et nous vivrons heureux.

LANDRY.

Chère Marguerite, compagne de ma vie, tu as été la joie, la bénédiction de mes jours... merci pour tout le bonheur que tu m'as donné.

MARGUERITE, *prenant le jeune Raoul, qui vient d'entrer.*

Et ton enfant!

LANDRY, *l'embrassant.*

Mon fils, mon cher Raoul... Ah! puissé-je vivre assez pour te voir tel que je te devine dans l'avenir; il n'est rien que je n'attende de toi... Encore un baiser à tous les deux : oui, oui, nous nous reverrons... Je salue votre majesté, et je la remercie.

MARGUERITE

Landry!

LANDRY.

Adieu!

Il sort emmené par les gardes.

SCENE XI.

Les Mêmes, *excepté* LANDRY.

MARIE.

Comme l'on me fait attendre!... (*A sa suite.*) Voyez donc d'où vient ce retard.

MARGUERITE, *ouvrant la fenêtre, et prenant son fils.*

Encore un adieu à ton père... O ciel!

Elle remet l'enfant à terre brusquement.

BERTHE, *s'approchant.*

Qu'y a-t-il donc?

MARGUERITE.

Que de monde sur cette place!

BERTHE.

Eh mais! une foule épaisse entoure le prisonnier...

Clameurs en dehors.

MARIE.

Quels sont ces cris?

MARGUERITE.

Ce sont des menaces!

BERTHE.

Des fanatiques ameutés contre les huguenots... Un homme circule dans les groupes et paraît les exciter...

MARGUERITE.

C'est lui! oh! ce doit être lui!

Clameurs en dehors.

MARIE.

Les clameurs redoublent.

BERTHE

On prononce le nom de Savigny.

MARGUERITE.

Grand Dieu! ils veulent l'arracher à son escorte... Défendez-le donc, lâches! défendez-le donc!... O mon Dieu! ils vont céder... Landry! Landry!... ils le saisissent... ils le traînent... Ah!...

On entend une décharge de mousqueterie.

MARIE.

Horreur! horreur!

HENRI, *à Marie.*

Madame, au nom du ciel, songez à votre sûreté. Qui sait si ce tumulte n'est pas excité pour parvenir jusqu'à vous?... fuyez.

MARIE.

Laisser cette femme seule en un pareil moment... non, non.

MARGUERITE.

Je l'ai vu... son sang! qui l'a tué? Stocq? oui... ma tête s'égare, un feu ardent l'embrase... Raoul, mon fils...

RAOUL.

Ma mère!

MARGUERITE.

Tu es là... viens, viens... j'ai peur d'oublier, ma pensée s'en va... mais toi, toi, tu te souviendras, n'est-ce pas?... regarde là... là-bas... cet homme étendu... ton père... massacré.

RAOUL.

Mon père!

MARGUERITE.

Souviens-toi, souviens-toi... écoute... l'assassin, Claude Stocq... répète...

RAOUL.

Claude Stocq!

MARGUERITE.

Souviens-toi... oh! souviens-toi... et là... là... sous nos pieds, dans ce caveau... un poignard, celui de l'assassin.

RAOUL.

Un poignard.

MARGUERITE.

Souviens-toi... oui, toujours, toujours, n'est-ce

pas... moi, je n'entends plus, je ne sais plus, je me meurs... ah ! souviens-toi.

Elle tombe évanouie.

RAOUL, *tombant à genoux près d'elle.*

Ma mère ! morte !

MARIE, *revenant du balcon où elle a été au fond du théâtre.*

O ciel !

HENRI, *à Marie*

Pas un instant à perdre ! le peuple envahit cette maison... fuyons, madame, fuyons par là.

MARIE.

Non, je ne le puis.

HENRI.

Messieurs, messieurs, emmenez la reine.

MARIE.

Mais cette femme ?

HENRI.

Morte !

MARIE.

Que cet enfant du moins soit sauvé.

Elle sort. Henri prend Raoul.

RAOUL.

Ma mère ! ma mère !

UN OFFICIER, *passant au fond du théâtre*

Contenez le peuple !

MARGUERITE, *seule, se ranime, et regarde autour d'elle avec égarement.*

Mon fils ! mon fils !

Elle tombe à genoux.

ACTE TROISIÈME.

En 1575.

Une salle richement décorée dans le château du duc de Damville, connétable de Montmorency. Grande porte au fond ; à droite, au fond, une petite porte. A droite, au premier plan, l'appartement de Louise ; à gauche, une porte masquée. Sur le devant, à gauche et à droite, deux tables.

SCÈNE PREMIÈRE.

LOUISE, DAMVILLE, L'ABBÉ DE NANGIS.

L'ABBÉ, *à part, en regardant du côté de l'appartement de Louise.*

Toujours triste et rêveuse !

DAMVILLE.

Monsieur l'abbé de Nangis, vous qui avez accompagné Marie Stuart en Écosse il y a quinze ans, vous qui, revenu en France, avez donné tant de preuves de dévouement à mon père le connétable, je vous devais cette marque solennelle de mon estime et de ma confiance : c'est vous que j'ai choisi pour chapelain de mon château ; vous bénirez le mariage de Mlle de Rochemore.

L'ABBÉ.

Monseigneur, ce mariage est-il irrévocable ?

DAMVILLE.

Il aura lieu aujourd'hui même.

LOUISE, *entrant.*

Aujourd'hui ?

DAMVILLE.

Ne le saviez-vous pas, mademoiselle ?

LOUISE.

Ah ! j'aimais à douter encore !

DAMVILLE.

Que dites-vous ?

L'ABBÉ.

Mlle de Rochemore a peut-être quelques secrets à vous révéler. (*A Louise en passant auprès d'elle.*) Du courage, ma fille ; parlez sans crainte à monseigneur le connétable ; le roi lui a confié la tutelle de votre personne ; il remplace le père qu'un crime vous a enlevé. Ouvrez-lui votre ame comme vous l'avez fait à Dieu. (*Bas.*) Quant à moi, je verrai l'homme qu'on vous destine... (*à part*) et j'espère éclaircir certains soupçons. (*Haut.*) Je vous laisse.

Il salue et sort.

SCÈNE II.

LOUISE, DAMVILLE.

DAMVILLE.

Qu'est-ce donc, mademoiselle ?

LOUISE.

Ah ! monseigneur, pardonnez-moi ; je sais que je dois tout à vos bienfaits. Privée de mon père dès le berceau, mes biens ont été ravagés par les protestans ; pauvre et orpheline, vous m'avez protégée malgré la haine qui divisait notre famille ; je me suis habituée à vous révérer comme un père, et c'est à mon père que je demande de ne point me forcer à épouser Claude Stocq.

DAMVILLE.

Ce sont là des caprices de jeune fille ; Claude Stocq n'est-il pas un homme loyal et brave ? qu'avez-vous à lui reprocher ?

LOUISE.

Oh ! rien, monseigneur, rien, sans doute.

DAMVILLE.

Ne voyez pas en lui un serviteur ordinaire ; autrefois il a suivi mon père dans les camps ; les armes ennoblissent ses pareils, nous en avons mille exemples, et la noblesse de France ouvre son sein aux hardis aventuriers qui s'attachent à sa fortune.

LOUISE.

Il est vrai.

DAMVILLE.

D'où vient donc votre hésitation ? des secrets, disait-on ? Louise, votre cœur n'est-il pas libre ?

LOUISE.

Monseigneur.

DAMVILLE.

Eh bien ?

LOUISE.

Savais-je, hélas ! qu'il est plus d'un instant pour

entrevoir un avenir de bonheur, et s'y attacher à jamais?

DAMVILLE.

Parlez.

LOUISE.

Il y a deux ans, vous le savez, confiée par vous à la duchesse d'Ivry, votre parente, je partis avec elle pour l'Angleterre; nous habitions les environs de Londres, dans une maison qui appartenait au comte de Leicester, le favori de la reine Elisabeth. Souvent, à l'entrée de la nuit, des conférences mystérieuses se tenaient dans un pavillon situé à l'extrémité du parc; je voyais un jeune homme seul et sans armes se diriger vers le rendez-vous, et quelques instans après survenait une autre personne, le comte lui-même, je crois, accompagné de serviteurs armés! Ces entrevues nocturnes excitaient ma curiosité. Un soir les serviteurs entourèrent le pavillon, après que le jeune homme y fut entré, et je ne le vis pas sortir. Inquiète malgré moi, je me glissai dans le parc et j'entendis parler tout bas de mesures à prendre pour sauver un secret d'état. Le nom du comte de Leicester et celui de la reine Marie Stuart se trouvaient mêlés dans ces entretiens; enfin on s'expliqua. Le jeune homme devait périr la nuit suivante! Mon sang se glaça d'horreur, mais je conservai ma présence d'esprit et mon courage; ce malheureux qu'on allait tuer lâchement, là, si près de moi, occupa dès lors toutes mes pensées. Comment je parvins à séduire les serviteurs du comte, à faire évader le prisonnier, à le cacher dans nos appartemens jusqu'à ce qu'il trouvât l'occasion de fuir, je ne saurais vous le dire, mais j'étais bien heureuse de ce que j'avais fait... et lui, par reconnaissance, il m'aima, il jura de m'aimer toujours, et en partant il me promit de revenir dès qu'il le pourrait sans danger. Quelques mois s'écoulèrent : ce fut alors que la duchesse mourut et que je fus rappelée auprès de vous. Il m'aura cherchée peut-être, il aura revu les lieux que j'habitais; mais dans ce pays étranger, aucun indice n'aura pu l'instruire de mon sort, et pourtant il me semble que je dois toujours l'attendre! Voilà, monseigneur, ce que je n'avais pas encore osé vous dire; l'approche d'une cérémonie que je redoute a contraint ma bouche à cet aveu.

DAMVILLE.

C'est en effet une confidence bien tardive. Quel est ce jeune homme? a-t-il nommé sa famille?

LOUISE.

Non, monseigneur; mais à la noblesse de ses traits, à la fierté de son maintien, je répondrais de son illustre origine; et s'il revient un jour...

DAMVILLE.

Enfant, qui croyez à l'amour, et qui ne croyez pas à l'oubli!

LOUISE.

Monseigneur.

DAMVILLE.

Louise, ne m'accusez pas de tyrannie si je condamne des sentimens qu'une généreuse compas-

sion a pu éveiller dans votre âme; vous siérait-il de sacrifier votre destinée au souvenir d'un inconnu que vous ne devez plus revoir, et qui peut-être ne serait pas digne de vous? Non, Louise, j'ai donné ma parole à Claude Stocq. Des raisons bien graves ont forcé mon choix; d'ailleurs la fortune qu'il tient des bontés de mon père, et qu'il a augmentée à mon service, lui permet de porter dignement le titre auquel il doit succéder et qui fait partie de votre dot; votre nom vous impose des devoirs; cette grandeur qui nous attire l'envie du vulgaire cache parfois de lourdes chaînes; je l'ai éprouvé il y a quinze ans! né dans un rang obscur, j'aurais quitté la France; fils du connétable de Montmorency, j'ai fait taire mon cœur, je suis resté. Ce mariage se fera; je le désire; ne m'obligez pas à dire : Je le veux.

LOUISE.

J'obéirai, monseigneur. (A part.) Plus d'espoir! (La porte s'ouvre.) C'est lui!

SCENE III.

LOUISE, DAMVILLE, CLAUDE STOCQ.

Stocq en entrant s'incline profondément devant le connétable.

DAMVILLE.

Approchez.

STOCQ., à Louise.

Mademoiselle, l'honneur que je vais recevoir...

LOUISE.

Remerciez monseigneur le connétable. (Elle fait une révérence et s'éloigne. A part.) Ah! d'où vient que j'éprouve tant d'éloignement pour cet homme?

SCENE IV.

DAMVILLE, STOCQ.

STOCQ.

Monseigneur, j'ai vu le roi, et la faveur qu'il daigne m'accorder...

DAMVILLE.

C'est à moi qu'il l'accorde. L'époux de Louise, quel qu'il soit, portera le titre de baron de Rochemore; c'est à moi seul que vous devez de la reconnaissance, ou plutôt à la mémoire de mon père, qui en mourant vous a expressément recommandé à mes bontés. Je ne sais quelle dette mystérieuse il avait contractée envers vous, mais j'ai juré de l'acquitter en vous retirant de l'état de dépendance où vous êtes né, à moins qu'un acte de déloyauté ne vous rendît indigne de ce bienfait!

STOCQ.

Je ne l'ai pas oublié, monseigneur.

DAMVILLE.

Souvenez-vous aussi qu'en vous apportant la noblesse Mlle de Rochemore vous donne plus qu'elle ne reçoit de vous; vous deviendrez non son maître, mais son égal, et à ce titre vous lui devez affection et bonheur.

STOCQ.

Je le sais.

DAMVILLE.

La cérémonie aura lieu ce soir, dans la chapelle, en présence de tous mes gentilshommes. Est-il arrivé pour moi des dépêches de la cour?

STOCQ, *s'apprêtant à sortir.*

Je vais m'informer!...

DAMVILLE.

Non; faites dès aujourd'hui l'apprentissage de votre nouvel état. Je vous remets vingt-quatre heures d'obéissance que j'aurais droit d'exiger de mon intendant.

Stocq s'incline.

SCENE V.

STOCQ, *seul, se relevant.*

Merci de votre générosité, monseigneur le connétable; tirez à vous ou brisez le bout de chaîne qui me retient encore, peu m'importe maintenant; je vais prendre place parmi vos nobles, et, croyez-moi, je ne leur ferai pas honte! comme eux j'ai l'orgueil, comme eux je suis sans pitié pour un ennemi, comme eux je sais étouffer le remords dans le succès; voilà mes titres de noblesse! Je touche donc enfin au but! Après les désirs fougueux de la jeunesse, après les rêves insensés de l'amour, l'ambition! cette passion de tout cœur plus haut que sa fortune, l'ambition qui saisit sa proie! Claude Stocq, baron de Rochemore! parti de si bas pour arriver si haut! Des honneurs! des hommages et du pouvoir! car j'en aurai, je sais flatter les rois et dominer les hommes. Et ce laborieux édifice s'écroulerait devant le caprice d'une jeune fille? Non, non, j'ai changé de passion sans changer de cœur. Il y a quinze ans, j'aimais!... et un homme a péri et avec lui un enfant; et une femme est devenue folle, et j'ai fait d'elle ma servante! Aujourd'hui, je veux monter! et après une route escarpée, quand je touche déjà le sommet, il faut que mes pieds s'y attachent comme le fer à l'aimant.

SCENE VI.

STOCQ, L'ABBÉ DE NANGIS.

L'ABBÉ.

Excusez-moi, monsieur, si je cherche l'occasion de vous parler sans témoins; tout à l'heure je me suis présenté chez vous en votre absence.

STOCQ.

Chez moi!

L'ABBÉ.

A Senlis, dans cette maison dont un arrêt vous a, dit-on, rendu maître.

STOCQ.

Eh quoi?...

L'ABBÉ.

Je sais que l'accès en est sévèrement interdit à tout le monde, mais mon caractère a fait fléchir cette défense.

STOCQ.

Et quel motif m'a valu un tel honneur?

L'ABBÉ.

Dépositaire des sentimens de Mlle de Rochemore, de ses inquiétudes à l'approche d'un mariage...

STOCQ.

Brisons là, s'il vous plaît, monsieur l'abbé : je n'accorde à personne le droit de se mêler de cette affaire.

L'ABBÉ.

Mais au moins me permettrez-vous de vous adresser une question?

STOCQ.

Parlez.

L'ABBÉ.

Quelle est donc cette malheureuse femme que j'ai trouvée dans votre demeure?

STOCQ.

Cette femme! vous l'avez vue, vous lui avez parlé?

L'ABBÉ.

Quelques instans seulement.

STOCQ.

Mais le serviteur qui la gardait et que j'ai laissé près d'elle?

L'ABBÉ.

Elle était seule.

STOCQ.

Que vous a-t-elle dit?

L'ABBÉ.

Des paroles vagues, qui semblent révéler de bien cruelles souffrances. Monsieur, savez-vous qu'elle vous nomme dans sa douleur?

STOCQ.

Peut-être.

L'ABBÉ.

Qu'elle vous maudit dans sa colère?

STOCQ.

Que vous importe? et que prétendez-vous?

L'ABBÉ.

Approfondir cet étrange mystère.

STOCQ.

Vous! de quel droit?

L'ABBÉ.

Je vous l'ai dit, c'est un devoir que je remplis envers Mlle de Rochemore.

STOCQ.

Et si je vous défends l'entrée de ma demeure?

L'ABBÉ.

C'est ici que je verrai cette femme.

STOCQ.

Ici!

L'ABBÉ.

Devant vous.

STOCQ.

Vous l'avez amenée?

L'ABBÉ.

Elle a voulu me suivre.

STOCQ.

Où donc est-elle?

L'ABBÉ, *ouvrant la porte du fond à droite.*
La voici !

STOCQ.

Ah !

∽∽∽∽∽∽∽∽∽∽∽∽∽∽∽∽∽∽∽∽∽∽∽∽∽∽∽∽∽∽∽∽

SCENE VII.

MARGUERITE, *pâle, et vêtue avec une extrême simplicité;* L'ABBÉ, STOCQ.

L'ABBÉ.

Entrez sans crainte, vous êtes dans le château du connétable.

MARGUERITE, *avec égarement.*

Un château? oui, ces chiffres, ces armoiries !... mais ce n'est pas ici qu'il fallait m'amener ! je ne veux pas habiter un château; cachez-moi plutôt dans le fond d'une chaumière bien retirée, bien obscure... qu'on ne le trouve pas, qu'on ne sache pas qu'il est noble..... Mais que dis-je ?... ils l'ont découvert... oui, et pour cela ils l'ont tué... et son fils, mon pauvre enfant, ils l'ont tué aussi pendant que j'étais étendue là... et en me réveillant, quand je l'ai cherché autour de moi... Mais non, ce n'est pas ici... un château, avez-vous dit !... Ah ! soyez béni, vous qui m'avez emmenée. Je ne verrai plus cet homme, je ne le verrai plus... (*Elle se trouve en face de Stocq.*) Ah ! ah ! le voilà encore !

L'ABBÉ.

Quel effroi !

STOCQ, *avec douceur.*

Marguerite, rassurez-vous, ce n'est point un ennemi, c'est moi, votre maître.

MARGUERITE.

Mon maître !... ai-je donc un maître ?... Ah ! oui, je me rappelle... une prison sans air... des murs tout noirs... et la faim !... ah ! que j'ai souffert !

L'ABBÉ.

Qu'entends-je ?

STOCQ, *s'avançant vers elle.*

Marguerite !

MARGUERITE.

Des menaces ! que veux-tu encore ! ton regard m'épouvante. As-tu une mère ? grâce ! as-tu un fils ? grâce ! Mais non, non, tu ne pardonnes pas... Eh bien ! je me tairai, je te servirai, oui, oui, et si Dieu m'exauce, je mourrai.

L'ABBÉ.

Monsieur, que signifie cette terreur ?

STOCQ.

Cette femme a vu périr toute sa famille dans un massacre de huguenots; je l'ai recueillie chez moi par pitié, et son imagination frappée...

∽∽∽∽∽∽∽∽∽∽∽∽∽∽∽∽∽∽∽∽∽∽∽∽∽∽∽∽∽∽∽∽

SCENE VIII.

LES MÊMES, REMY.

REMY.

Ah ! maître, maître ! madame Marguerite... Mais la voici ! Dieu soit loué ! Pardon, maître, vous m'aviez tant dit de la surveiller !... Mais un jeune cavalier m'a demandé le chemin de ce château, et pendant que j'étais allé le lui montrer, ô Dieu! quel coup de tête ! vous n'y pensez donc pas, madame Marguerite, un jour comme celui-ci , au moment d'un mariage !...

MARGUERITE*.

Oui, on me l'a déjà dit ! il se marie, cet homme! Ah ! ah ! où est-elle, sa fiancée ? je veux la voir, lui parler... je lui dirai : Aimez-le, aimez-le bien, car si vous ne l'aimiez pas, il tuerait votre époux, il tuerait votre fils , il vous tuerait aussi... non, non, il vous laisserait vivre... Ah ! c'est bien plus affreux !

STOCQ, *à l'abbé.*

Eh bien ! monsieur, que pensez-vous maintenant de sa raison ?

L'ABBÉ, *à Remy.*

A-t-elle souvent de pareils accès ?

REMY.

Presque tous les jours; et dans ces momens-là il faut la garder de près. Elle me prend souvent pour un assassin, moi, Remy, qui ne lui ai jamais fait de mal !

STOCQ.

Vous voyez !

REMY.

Le reste du temps, elle s'occupe à lire une maudite Bible qui, j'en suis sûr, lui aura tourné la tête; vous devez comprendre ça, vous qui êtes prêtre.

MARGUERITE.

Un prêtre !

L'ABBÉ.

Elle était donc calviniste?

MARGUERITE, *s'agenouillant.*

Mon père, bénissez-moi !

L'ABBÉ.

Ah ! pour ces pauvres ames que l'instinct seul éclaire, il n'y a qu'une seule religion ! Ma fille, dois-je demander à Dieu qu'il vous rende la raison ou qu'il vous la retire tout-à-fait?

La porte s'ouvre. Un domestique paraît.

LE DOMESTIQUE.

Messire Claude Stocq, un jeune cavalier qui vient d'arriver au château demande à parler à monseigneur le connétable.

STOCQ.

Remy, conduis cette femme hors de ces murs; tu descendras par l'escalier de la chapelle; le connétable est enfermé; tu ne rencontreras personne. Va vite.

MARGUERITE, *à l'abbé.*

Mon père, priez pour ceux qui sont morts sans prières.

Elle sort avec Remy.

STOCQ, *à l'abbé.*

Eh bien ! mon père, vos soupçons ?...

L'ABBÉ.

Que votre conscience et Dieu jugent entre nous.

Il sort.

* L'Abbé, Marguerite, Remy, Stocq.

SCENE IX.

STOCQ, *seul.*

Ma conscience!... oui, c'est un ancien ennemi, mais non pas un obstacle; et jusqu'à ce qu'il sorte une preuve de la bouche des insensés ou de celle des morts, je veux...

SCENE X.

STOCQ, RASLEIGH, UN DOMESTIQUE.

RASLEIGH, *entrant, à un serviteur.*

J'attendrai dans cette salle.

LE DOMESTIQUE, *montrant Stocq.*

Voici l'intendant de monseigneur le connétable.

Il sort. Rasleigh est allé s'asseoir à gauche près d'une table.

STOCQ, *à part.*

Quel est ce jeune homme? (*Haut.*) Que désirez-vous, monsieur?

RASLEIGH.

Parler au duc Damville. C'est vous, monsieur, qui êtes son intendant?

STOCQ.

Je le suis encore.

RASLEIGH.

Veuillez, monsieur, prévenir votre maître.

STOCQ.

Lorsque le duc est absent, c'est à moi qu'on s'adresse; vous pouvez me dire ce qui vous amène près de lui, et je lui en rendrai compte.

RASLEIGH, *se levant.*

Merci, monsieur; j'ai affaire au connétable et non pas à ses gens. Croyez que j'ai assez l'habitude de me présenter chez les grands pour leur parler face à face sans avoir besoin d'introducteur!...

STOCQ, *à part.*

Quel orgueil! Patience! demain personne ne me parlera plus ainsi. (*Haut.*) Voici monseigneur.

SCENE XI.

DAMVILLE, STOCQ, RASLEIGH.

DAMVILLE.

Vous m'avez fait demander une audience, monsieur?

RASLEIGH, *après avoir salué.*

Monseigneur, je désire que nous soyons seuls.

DAMVILLE, *à Stocq.*

Sortez.

Stocq s'éloigne par le fond en regardant Rasleigh.

SCENE XII.

RASLEIGH, DAMVILLE.

DAMVILLE.

Votre nom!

RASLEIGH.

Le chevalier Rasleigh.

DAMVILLE.

D'où venez-vous?

RASLEIGH.

De l'Écosse.

DAMVILLE.

De l'Écosse! et qui vous envoie?

RASLEIGH.

Cette lettre vous en instruira.

Il lui présente une lettre.

DAMVILLE.

Donnez. Une lettre de Marie Stuart! (*Il l'ouvre et la parcourt.*) Un souvenir d'elle! Pardonnez à une émotion que je ne puis cacher.

RASLEIGH.

Laissez-la paraître, monseigneur, devant moi, qui dois tout aux bienfaits de cette malheureuse reine, et qui ai partagé la captivité où elle gémit.

DAMVILLE.

Et pourquoi l'avez-vous quittée, monsieur?

RASLEIGH.

C'est elle qui l'a exigé. Mon dévouement à sa personne ne pouvait plus lui être utile.

DAMVILLE.

Ce qu'on dit des rigueurs de sa prison est bien vrai, n'est-ce pas?

RASLEIGH.

Bien vrai, monseigneur; et l'implacable Élisabeth inflige à sa rivale un supplice plus cruel que la mort. Marie, sans espoir maintenant, sollicite, au prix de tous ses droits, la faveur de voir son fils, et on la lui refuse. Vous direz au duc Damville, m'a-t-elle recommandé quand je l'ai quittée, d'user de son crédit à la cour de France pour obtenir cette grâce.

DAMVILLE.

Je le ferai sans doute. Marie a commis des fautes, que Dieu les lui pardonne et punisse ceux qui les lui font expier ainsi! Vous êtes bien jeune encore, monsieur; depuis combien de temps étiez-vous au service de la reine?

RASLEIGH.

J'ai toujours été auprès d'elle, monseigneur.

DAMVILLE.

Votre nom en effet indique une origine écossaise. Votre père...

RASLEIGH.

Je n'ai connu ni mon père ni ma mère; aussi loin que je puis remonter dans ma vie passée, je me vois tout enfant à la cour d'Écosse. Cependant il m'a semblé parfois qu'au-delà de ce temps était une image vague, confuse, que ma mémoire poursuivait en vain, un souvenir de fuite, d'exil, de meurtre... mais à quelle circonstance il se rattache, je l'ignore; j'ai souvent interrogé la reine, mais elle a toujours refusé de m'instruire, et j'ai supposé que j'appartenais à une de ces nobles familles décimées par les persécutions religieuses qui précédèrent l'avènement d'Élisabeth. Je ne cherchai plus à sonder ce mystère impénétrable, et je vouai toute ma reconnaissance à celle qui m'avait rendu un nom, une noblesse et une fortune.

DAMVILLE.

Vous rappelez-vous avoir vu en Écosse l'abbé de Nangis?

RASLEIGH.

Je crois me souvenir de ce nom.

DAMVILLE.

Vous vous retrouverez ici ce soir; car j'espère bien, sir Rasleigh, que vous ne refuserez pas d'être mon hôte.

RASLEIGH.

C'est me traiter avec trop d'honneur, connétable.

DAMVILLE.

Depuis quand êtes-vous en France?

RASLEIGH.

Depuis quelques jours seulement.

DAMVILLE.

Vous n'y avez pas d'amis?

RASLEIGH.

Je voudrais pouvoir dire que j'en ai un.

DAMVILLE, *lui tendant la main.*

Dites-le... Quand bien même votre langage et vos manières n'auraient pas attiré ma confiance, le nom seul de Marie Stuart vous eût servi auprès de moi... Ainsi donc, Rasleigh, je vous retiens dans mon château, et je vous invite aux fêtes qu'on y doit célébrer ce soir pour le mariage d'une personne de ma famille... Acceptez-vous?

RASLEIGH.

J'accepte.

DAMVILLE.

Je vous demande la permission de vous quitter; j'ai reçu tout-à-l'heure un ordre du roi d'aller le trouver à son rendez-vous de chasse, dans la forêt voisine... Voulez-vous m'accompagner? Je vous présenterai à sa majesté.

RASLEIGH.

Je vous remercie, connétable; plus tard, j'ambitionnerai cet honneur; mais aujourd'hui, je ne saurais me présenter en habit de voyage.

STOCQ, *se présentant à la porte du fond.*

Monseigneur, vos gentilshommes vous attendent.

DAMVILLE, *tendant la main à Rasleigh.*

A bientôt, chevalier Rasleigh! (*A Stocq.*) Suivez-moi.

SCENE XIII.

RASLEIGH, *seul.*

C'est un noble seigneur!... La reine d'Écosse m'avait prédit ce généreux accueil... La faveur du connétable me sera doublement précieuse; puisse-t-elle m'aider à retrouver à la cour de France cette beauté qui m'est apparue un jour, cet ange libérateur dont je cherche en vain la trace... Mais, hélas! dans cette cour que l'on dit si frivole, aura-t-elle gardé quelque souvenir de mon amour?

SCENE XIV.

RASLEIGH, LOUISE.

LOUISE.

Je les ai vus partir!... Je n'ai plus qu'un refuge contre mon désespoir... Cherchons l'abbé de Nangis.

RASLEIGH, *saluant.*

Une jeune dame!... Louise! ô ciel!

LOUISE.

Vous ici!... c'est vous!... Ah! je le vois, et je ne puis le croire... O mon Dieu! quand je l'attendais, c'était donc vous qui m'inspiriez?

RASLEIGH.

Qu'entends-je!...Vous songiez encore au pauvre prisonnier?... Et moi, Louise, et moi, pendant cette longue séparation je n'ai rien oublié, ni votre généreux secours, ni mes sermens, ni ces charmes dont l'image m'a toujours suivi loin de vous; mais je ne me croyais pas si près de mon bonheur!... Vous, dans ce château!

LOUISE.

Je suis la parente du connétable.

RASLEIGH.

Louise de Rochemore, alliée au duc Damville!... O ciel! est-ce une erreur?... Il me semble que tout-à-l'heure il m'a parlé d'un mariage qui doit se conclure aujourd'hui même... Louise, vous tremblez... Ah! parlez... ce mariage...

LOUISE.

C'est le mien.

RASLEIGH.

Le vôtre!... O Dieu!.., Et quel est l'homme qui ose prétendre à votre main?

LOUISE.

Claude Stocq.

RASLEIGH.

Claude Stocq!

LOUISE.

Vous avez frémi?...

RASLEIGH.

Il me semblait... Claude Stocq!...

LOUISE.

L'intendant du connétable.

RASLEIGH.

Lui!... cet homme!... Ah! je ne m'étonne plus du mouvement de haine que j'ai senti à sa vue.. Et vous pouviez consentir à cette union!

LOUISE.

Y consentir?... oui; mais non pas y survivre.

RASLEIGH.

Que dites-vous?

LOUISE.

Orpheline, élevée par les bontés du connétable, pouvais-je résister à ses bontés?... J'ai vainement essayé de le toucher... Que savais-je, hélas! de votre sort et de vos sentimens?

RASLEIGH.

Oui, le mystère dont je m'entourais a dû plus d'une fois éveiller vos soupçons; mais à présent je puis vous le dire... Le comte de Leicester avait tramé avec moi un plan d'évasion pour Marie Stuart; mais ce projet découvert, le lâche renia son complice, et voulut le sacrifier à sa sûreté; le ciel vous envoya pour me sauver... Quand je revins en Angleterre, vous n'y étiez plus... La France jalouse avait repris son plus bel ornement... Alors j'avouai tout à Marie, à Marie, ma seule protectrice... car, moi aussi, je suis orphelin!... « Allez, me dit-elle, allez en France, où j'ai laissé mes affections; puissiez-vous y retrouver les vôtres!... Et si un jour vous y êtes heureux, donnez un souvenir à la pauvre Marie, un seul. et que son infortune n'attriste pas vos beaux jours.

LOUISE.

O mon ami! sa touchante protection doit vous suivre jusqu'ici, et vous me sauverez d'un hymen mille fois plus odieux que la mort!... Quand j'ai cédé, je ne croyais plus vous revoir; mais maintenant... ah! maintenant, votre présence me rendra du courage!

RASLEIGH.

Et moi, j'atteste le ciel que je n'aurai jamais d'autre épouse que vous!... Je suis jeune, je suis riche, je suis noble... et vous m'aimez!... Le connétable m'a reçu comme son hôte; il m'a offert son amitié... J'espère, quand je lui parlerai de notre amour, trouver des paroles qui iront jusqu'à son cœur.

LOUISE.

Je l'espère aussi... Mais il va venir... je vous laisse.

RASLEIGH.

Quoi! vous me quittez déjà?

LOUISE.

Pour aller prier le ciel qu'il nous protége!... Adieu!

RASLEIGH.

Adieu!

Louise rentre. A la fin de cette scène Stocq est entré et s'est arrêté au fond du théâtre.

SCENE XV.

RASLEIGH, STOCQ.

RASLEIGH.

O bonheur! ô joie inespérée!... Enfin, il se déchire le sombre nuage qui enveloppait ma jeunesse!... un nouveau jour m'apparaît et me rend l'énergie que j'avais perdue... Le connétable m'entendra... oui, je le fléchirai. Allons à sa rencontre...

STOCQ, s'avançant.

Veuillez rester.

RASLEIGH.

Vous étiez là?

STOCQ.

Deux mots, s'il vous plaît, monsieur... .

RASLEIGH.

Je vous écoute.

STOCQ.

Ce matin encore, Mlle de Rochemore consentait à épouser un serviteur du connétable; elle échangeait contre une fortune le nom dont elle est si fière.. Tout-à-l'heure, vous l'avez vue... vous lui avez parlé?

RASLEIGH.

Il est vrai.

STOCQ.

Vous l'aimez?

RASLEIGH.

Oui.

STOCQ.

Et elle vous aime?

RASLEIGH.

Oui.

STOCQ.

Et tous deux vous voulez la rupture de ce mariage?

RASLEIGH.

Tous deux.

STOCQ.

Fort bien; j'aime cette franchise, et je l'imiterai... Nous désirons ardemment le même bien, vous par amour peut-être, et moi par ambition : l'un de nous deux doit y renoncer... J'ai consulté la force de ma passion; ainsi consultez votre courage, car je suis résolu à vous le disputer.

RASLEIGH.

Vous!... et comment?

STOCQ.

Vous plairait-il, chevalier Rasleigh, d'oublier que vous êtes noble et que je ne le suis pas?

RASLEIGH.

J'ai fait cet honneur à plus d'un homme obscur.

STOCQ.

Eh bien?

RASLEIGH.

Je ne le fais pas à un valet.

STOCQ.

La haine de ce valet, croyez-moi, n'est pas de celles qu'il faut mépriser.

RASLEIGH.

Je méprise l'une comme l'autre.

STOCQ.

Noble Rasleigh, ces ordres qui brillent sur votre poitrine sont-ils toujours des emblêmes d'honneur et de bravoure?

RASLEIGH.

Depuis quand osez-vous en douter?

STOCQ.

Depuis que les nobles s'en servent comme d'une cuirasse contre l'insulte.

RASLEIGH.

Ah! c'en est trop!... Ces insignes qui devraient vous protéger en vous imposant le respect, ces nobles ornemens, je les honore trop pour les exposer à vos coups; je ne veux pas que votre épée les touche!... Je les dépouille, je les arrache... (*Il les jette sur la table.*) Tenez, tenez... je ne vous élève pas à moi, je descends à vous... et maintenant, l'épée à la main!...

STOCQ.

La mienne est prête.

Ils croisent le fer.

SCENE XVI.

STOCQ, RASLEIGH, LOUISE, *accourant, puis*
DAMVILLE.

LOUISE.

Qu'entends-je?... que se passe-t-il?... Arrêtez,
au nom du ciel!

Elle se précipite entre Rasleigh et Stocq.

RASLEIGH.

Louise!

*La porte du fond s'ouvre. Damville paraît avec ses gen-
tilshommes.*

DAMVILLE.

Des épées nues!... chez moi!

LOUISE.

Ah! monseigneur, sauvez-le... c'est lui!

DAMVILLE.

Qui de vous deux est l'agresseur?

STOCQ.

Moi!

DAMVILLE.

Vous avez oublié que monsieur est mon hôte,
et qu'à ce titre je le défendrais même contre le
roi!...

STOCQ.

Monseigneur...

DAMVILLE.

Vous vous êtes trop hâté de faire acte de gentilhomme. Je vous avais dispensé de l'obéissance,
mais non pas du respect... Votre épée?

Stocq donne son épée. Damville la brise.

STOCQ, *avec amertume.*

Vous brisez une bonne lame, monseigneur, et
je n'en ai pas d'autre à votre service.

DAMVILLE.

Silence!... J'avais négligé certains avis que
cette violence semble confirmer. (*A Louise.*) Rentrez dans votre appartement, mademoiselle. (*A
Rasleigh.*) Jeune homme, vous avez aussi des
excuses à me faire.

RASLEIGH.

Daignerez-vous m'entendre?

DAMVILLE.

Venez avec moi. (*A Stocq.*) Et vous, ne repa-
raissez pas devant moi sans mon ordre.

Ils sortent.

SCENE XVII.

STOCQ, *seul.*

Est-ce assez d'humiliation et d'impuissance!...
Encore traité en valet, quand j'ai déjà la main
sur une couronne de noble! et me la voir arracher
peut-être par un aventurier inconnu qui échappe
à mon épée, et que mon emportement même va
servir!...Oui, bientôt, sans doute, elle et lui achè-
veront ma perte... L'amour de l'un, les pleurs de
l'autre attendriront le duc, ce fils dégénéré d'un
homme au cœur de fer!... Oh! ce serait pourtant trop d'affronts en un jour!...

SCENE XVIII.

STOCQ, REMY, MARGUERITE, *rentrant par la
petite porte du fond à droite.*

REMY.

Il est trop tard!... Il vaut mieux venir par ici...
Ah! maître...

STOCQ.

Encore ici!... Pourquoi?... comment?

REMY.

Pardon... mais tout-à-l'heure, en passant devant la chapelle, elle a voulu y entrer, et je n'ai
pu l'en arracher, ou plutôt je n'ai pas osé, car
elle priait avec tant d'ardeur!... Enfin elle est
sortie, et nous allions descendre, lorsque j'ai entendu du bruit au bas de l'escalier; les portes du
grand appartement étaient ouvertes, et le connétable parlait à un jeune homme.

STOCQ.

Que lui disait-il?

REMY.

Je ne sais... J'ai entendu les mots d'amour, de
mariage...

STOCQ.

C'est cela... et moi, rejeté à l'écart avec dé-
dain, je m'inclinerais sur le passage d'un autre
baron de Rochemore!... Non, non... ou la vengeance n'est qu'un mot, ou elle éclatera le même
jour que l'outrage... Mais un moyen!... Cet arro-
gant gentilhomme, comment l'atteindre, et par
où l'attaquer?... Nous verrons...

MARGUERITE, *qui pendant cette scène a pris sur la
table les ornemens que Rasleigh y a jetés, en
saisit un, et l'examine avec une attention de
plus en plus prononcée.*

Ah!

REMY.

Qu'est-ce donc?

MARGUERITE.

Voyez! voyez!... le collier de Landry!

STOCQ.

Que dit-elle?

MARGUERITE.

Le voilà!... c'est le sien!

STOCQ.

Celui que portait ce jeune homme?

MARGUERITE, *baisant le collier.*

A toi, Landry!... à toi!...

STOCQ.

Sa démence sans doute..... Montrez-moi ce
collier.

MARGUERITE.

Non... non... nous devons vous le cacher... On
saurait qu'il est noble... on le tuerait!

STOCQ.

Donnez le moi... je le veux.

MARGUERITE.

Vous ne me l'arracherez pas.

STOCQ, *le lui arrachant avec colère.*

Malheureuse!

REMY, *se mettant au-devant.*

Ah! maître!...

STOCQ, *à Remy.*

Sors avec elle.

MARGUERITE.

Rendez-le-moi !... Ah ! rendez-le-moi !

STOCQ.

Ses cris attireraient du monde... Sortez donc tous deux... ou ma fureur...

MARGUERITE, *effrayée.*

Ah !

Elle sort avec Remy par la porte masquée de gauche, au même instant entre l'Abbé de Nangis.

STOCQ, *se retournant brusquement et cachant la sortie de Marguerite.*

Qui vient là ?

SCENE XIX.

STOCQ, L'ABBÉ DE NANGIS.

L'ABBÉ.

Je passais chez Mlle de Rochemore... Quels cris ai-je entendus ?

STOCQ.

Ce n'est rien.

L'ABBÉ.

La colère semblait vous animer...

STOCQ.

En voyez-vous quelques traces ?... Et quand cela serait, suis-je comme vous condamné à la patience ?... ai-je fait vœu d'humilité ?... suis-je forcé de dévorer mes outrages ?... et encore ai-je vu de vos prêtres fanatiques dont les haines implacables éclataient comme la mienne, avec le parjure de pius.

L'ABBÉ.

Que vous a-t-on fait ?

STOCQ.

Oh ! presque rien... on me chasse... on marie ma fiancée à mon rival !... Oh ! j'ai tort de me plaindre...

L'ABBÉ.

Un rival ?

STOCQ.

Qu'est-ce que la parole d'un connétable ?... Le premier inconnu... Que dis-je ! ce collier... (*Vivement.*) Monsieur, vous avez été en Écosse ?

L'ABBÉ.

Il y a quinze ans.

STOCQ.

Connaissez-vous le chevalier Rasleigh ?

L'ABBÉ.

Attendez donc... auprès de Marie Stuart... un jeune enfant... Rasleigh, dites-vous ?

STOCQ.

Rasleigh.

L'ABBÉ.

Oui, c'est bien le nom que la reine lui donna lorsqu'elle l'eut amené en Écosse.

STOCQ.

Il venait de France avec elle ?

L'ABBÉ.

Recueilli par Marie lors de son passage à Senlis.

STOCQ.

A Senlis !... dans une maison isolée ?

L'ABBÉ.

Où elle avait reçu l'hospitalité...

STOCQ.

Et dont les maîtres, cette nuit-là...

L'ABBÉ.

Périrent malheureusement... je n'en sais pas davantage.

STOCQ, *éclatant.*

Ah ! je sais le reste, moi !

L'ABBÉ.

Vous ?

STOCQ.

O fortune ! que tes retours sont soudains !... Cet enfant... c'était lui !... Ah ! mon cœur a peine à contenir tant d'émotions à la fois...

L'ABBÉ.

D'où vient cette agitation ?

STOCQ.

Ah ! vous ne pouvez pas me comprendre... Attendez, attendez que j'aie recueilli mes idées... A cette révélation, voyez-vous, un transport tout nouveau m'a saisi... Deux sentimens d'une égale violence se sont heurtés dans mon ame... L'un... la colère... a fait place à l'autre... Oui... quand vous êtes entré, j'étais emporté, furieux... je cherchais partout une vengeance...

L'ABBÉ.

Et maintenant ?...

STOCQ.

Maintenant je suis calme... j'ai repris la liberté de mon jugement... je puis choisir mes résolutions sans trouble, sans aveuglement et sans danger... mais une preuve ! je l'aurai.

L'ABBÉ.

Quelle cause a donc produit ce changement ?

STOCQ.

Mille souvenirs tout-à-coup réveillés, d'anciens torts dont ma conscience s'est émue ; il y a peut-être des secrets entre moi et la famille de ce jeune homme... enfin le repentir est entré dans mon ame.

L'ABBÉ.

S'il est vrai, que Dieu en soit loué ! car Dieu seul tient les cœurs dans sa main puissante. Mais, mon fils, pour que ces intentions conservent leur mérite, il faut que les effets y répondent.

STOCQ, *avec intention.*

Je le sais ; toutes les fautes de ma conduite vont être réparées. Mon premier devoir est l'obéissance ; mon maître m'a chassé... je sors... veuillez pourtant, mon père, intercéder en ma faveur... que monseigneur le connétable daigne me pardonner comme je pardonne à mon rival.

L'ABBÉ.

Est-il possible ?

STOCQ.

Adieu, mon père ; demandez ma grâce, je vais tâcher de la mériter.

Il sort par la petite porte du fond à droite.

SCENE XX.

L'ABBÉ; *puis* LOUISE; *puis* DAMVILLE *et*
RASLEIGH.

L'ABBÉ.

Que se passe-t-il donc dans l'ame de cet homme?

LOUISE.

Que vous a-t-il dit?

L'ABBÉ.

Espérez.

DAMVILLE, *entrant avec Rasleigh et ses gentilshommes.*

Sir Rasleigh, ce matin encore j'aurais eu la
douleur de vous répondre par un refus; ma parole était donnée, et celui qui l'avait reçue ne
s'était pas encore rendu indigne de mes bontés ;
à présent, messieurs, vous qui avez été témoins
de ses emportemens et de sa révolte, me croyez-
vous dégagé de mes sermens? (*Tous les gentilshommes s'inclinent en signe d'adhésion. Aux seigneurs.*) Croyez-vous que l'écuyer de la reine
d'Écosse, anobli par elle, mérite l'honneur de
notre alliance? (*Les seigneurs s'inclinent.*) Eh
bien donc, Louise de Rochemore, je reprends
mon autorité sur vous, et c'est pour disposer de
votre main selon vos vœux. Je confie au chevalier Rasleigh une orpheline à protéger.

LOUISE.

Ah ! monseigneur, votre bonté me rend un
père.

DAMVILLE.

Eh bien, chevalier, c'est ma fille que je vous
accorde.

RASLEIGH*.

Ah! je jure devant vous, monseigneur, par
l'honneur, par l'amour et par la reconnaissance,
que ma vie entière sera consacrée à son bonheur.

DAMVILLE.

Je reçois votre serment. Monsieur l'abbé de
Nangis, si je connais bien vos sentimens, le devoir que vous allez remplir vous sera moins pénible que ce matin : que l'on ne change rien aux
premiers apprêts; le roi désire que je lui présente la nouvelle épouse pendant son séjour dans
ces environs; ainsi la cérémonie ne saurait être
retardée. Que l'acte soit rédigé sous nos yeux
dans la forme ordinaire; vous le signerez tous,
messieurs; Dieu merci, les témoins ne nous man-
queront pas.

SCENE XXI.

LES MÊMES, CLAUDE STOCQ *au fond.*

STOCQ, *entrant.*

Mais il vous manque un secrétaire, monseigneur.

DAMVILLE.

Quoi ! malgré ma défense, vous osez...

* L'Abbé, Damville, Louise, Rasleigh.

L'ABBÉ.

Je puis répondre de sa soumission.

DAMVILLE*.

Est-il vrai? (*Stocq met un genou en terre.*) Ex-
pliquez-vous.

STOCQ.

Oui, je viens, pressé par ma conscience, faire
entendre ici des excuses publiques. Égaré par
ma folle passion, j'ai osé disputer une noble alliance à un rival plus digne que moi; j'ai tiré
l'épée dans ce palais; il m'est échappé même un
cri de révolte; crimes dont j'ai honte, et dont je
demande pardon, après Dieu, à monseigneur le
connétable.

DAMVILLE

Relevez-vous !

RASLEIGH.

C'est dignement réparer une faute. Grâce,
monseigneur, grâce pour lui !

STOCQ.

Merci, chevalier Rasleigh.

LOUISE.

Claude Stocq, je crains de vous avoir mal jugé,
et je vous pardonne aussi.

STOCQ.

Merci, noble demoiselle.

DAMVILLE.

Je ne vous cache pas qu'une telle démarche
m'étonne de votre part; faut-il croire à votre
sincérité ?

STOCQ.

Voici l'acte de mariage que vous m'aviez ordonné de préparer pour moi; je le déchire, et je
suis prêt, s'il en faut un autre, à reprendre mes
fonctions de secrétaire.

DAMVILLE.

Je vous les rends, écrivez : (*Stocq s'assied à
la table.*) « Nous, Henri de Montmorency, duc
» Damville, connétable de France, maître de la
» personne de Mlle Louise de Rochemore, fille de
» feu Louis, baron de Rochemore, assassiné traî-
» treusement...»

LOUISE.

O Dieu !

L'ABBÉ.

Monseigneur, pourquoi attrister cet acte solen-
nel par de tels souvenirs?

DAMVILLE.

Pour rappeler à l'époux la haine et la vengeance qu'il doit au nom du meurtrier.

RASLEIGH.

Quel est ce nom?

STOCQ.

Charles de Savigny.

RASLEIGH.

Ah ! je jure de punir quiconque le portera; oui,
noble Louise, et de venger votre père, qui maintenant est devenu le mien.

DAMVILLE, *à Stocq.*

Continuez. (*Dictant.*) « A ces causes, nous ac-
» cordons en mariage ladite demoiselle Louise de
» Rochemore à messire Raoul, chevalier Rasleigh,
» écuyer de la reine Marie d'Écosse.

* Stocq. Damville, Louise. l'Abbé, Rasleigh.

STOCQ, *se levant.*

Faut-il à ces titres, sir Rasleigh, ajouter le nom de votre père?

RASLEIGH.

De mon père?

LOUISE.

Que dit-il?

RASLEIGH.

Ah! prenez garde que quelque imposture...

DAMVILLE.

Modérez-vous, Rasleigh; et vous, Stocq, parlez; quel est ce mystère? qu'avez-vous dit? le père de ce jeune homme...

STOCQ.

Landry, huguenot et bourgeois de Senlis.

RASLEIGH*.

Ah! tu mens, tu mens! avoue-le, ou sur ta vie...

STOCQ.

Que l'abbé de Nangis vous réponde!...

L'ABBÉ.

Il est vrai, chevalier; en quittant la France, Marie Stuart vous a recueilli dans la maison d'un calviniste et vous a donné le nom que vous portez.

RASLEIGH.

O ciel!

DAMVILLE.

Qu'ai je-appris? Mais alors votre noblesse...

LOUISE.

Ah! monseigneur, il la tient d'une reine!

DAMVILLE.

Mais le fils d'un huguenot! sa majesté ne consentirait jamais...

STOCQ.

J'ai tout prévu.

DAMVILLE.

Vous! comment?

STOCQ.

Vous me regardez tous avec anxiété! vous dites: voilà un homme qui se venge... Patience;

* Stocq, Damville, Rasleigh, Louise, l'Abbé.

tout-à-l'heure vous me jugerez mieux. Je ne fais pas de demi-sacrifice : j'ai vu le roi, monseigneur; il ignorait ma disgrâce; je me suis présenté de votre part; j'ai révélé moi-même à sa majesté les obstacles qui s'opposaient au bonheur de mon rival, et j'ai demandé en votre nom qu'ils fussent aplanis. Voilà ce que j'ai fait; voilà pourquoi je suis rentré ici, et pourquoi je me suis abaissé; voilà pourquoi je me relève maintenant avec orgueil, car votre destinée à tous deux, c'est moi, daignez bien vous le rappeler, c'est moi qui vais l'accomplir. (*Moment de silence.*) Voici la réponse du roi; vous plaît-il que j'en donne lecture?

DAMVILLE.

Oui, lisez.

LOUISE, *à part.*

Ah! je tremble!

RASLEIGH, *à part.*

Que dois-je craindre encore?

STOCQ, *lisant.*

« Henri, troisième du nom; sur la demande
» de notre bien-aimé le connétable Damville,
» déclarons, par ces lettres-patentes, reconnaître
» comme noble et vrai gentilhomme le chevalier
» Rasleigh, en la qualité qui lui a été conférée
» par notre sœur d'Écosse; et le relevons des
» condamnations prononcées contre son père,
» comme huguenot, sous le faux nom de Landry,
» et comme assassin sous le nom du marquis
» Charles de Savigny. »

TOUS.

Savigny!

LOUISE.

L'assassin de mon père... ah!

RASLEIGH, *s'élançant sur Stocq.*

Ah! misérable! que ta mort ou la mienne...

DAMVILLE.

Qu'on le désarme!

Les gentilshommes entourent Rasleigh.

STOCQ, *jetant le papier sur la table.*

Monseigneur! voilà mon dernier service.

ACTE QUATRIEME.

Même chambre et même décoration qu'au premier acte. Une table   droite.

SCENE PREMIERE.

REMY, MARGUERITE, *assise à gauche, à la même place qu'au premier acte.*

REMY.

Il est déjà tard : et maître Stocq n'est pas rentré! (*Regardant Marguerite.*) Et dire que depuis que la nuit est venue, cette femme est restée là, sans parler, sans lever les yeux, aussi insensible qu'une statue! Par ma foi! maître Stocq a eu raison de me faire entrer chez lui pour aider aux soins du ménage... quand je dis aider, c'est moi qui fais toute la besogne... Eh! madame Margue-

rite! ah! bien oui! c'est comme si je parlais à l'image de pierre qui est dans l'église de mon village... Ah! la voilà qui soupire; elle lève les yeux au ciel!

MARGUERITE.

Combien donc y a-t-il de temps? il me semble que c'était hier... ici... dans cette chambre où je viens prier tous les jours... j'étais là, à la fenêtre, et devant moi, devant son fils qui le regardait... du même coup je suis tombée morte. Mais Dieu m'a ressuscitée... Pourquoi donc cela? pourquoi donc suis-je vivante? Je ne sais plus, il me semble pourtant que je suis vieille, bien vieille... je ne peux donc pas mourir !

REMY.

C'est singulier, quand je l'entends parler comme ça, j'ai envie de pleurer.

On entend sonner une horloge.

MARGUERITE.

L'heure ! est-ce l'heure ?

Elle paraît en proie à une violente agitation.

REMY.

Oh ! non : madame Marguerite, calmez-vous : vous savez bien que vos cris et vos gémissemens déplaisent au maître.

MARGUERITE.

Oui, prenons garde. S'il savait quel trésor j'ai gardé, il me l'arracherait encore.

REMY.

Un trésor ? et lequel ?

MARGUERITE.

Des cheveux de mon enfant ! c'est tout ce qui me reste de mon Raoul... eh bien ! quand je les regarde, il me semble que cette tête chérie je la vois... Oui, elle est devant mes yeux... le voilà lui-même sur cette chaise... il dort ! silence ! (S'agenouillant.) O mon enfant ! que l'ange du Seigneur étende ses ailes sur ton front ! à genoux près de toi, c'est ta mère qui te contemple, qui respire ton souffle et qui veut dormir du même sommeil... Oui, tous deux, tous deux ensemble, ne nous réveillez pas.

REMY, à part.

Pauvre femme ! On vient, je crois.

Il va ouvrir la porte du fond.

SCENE II.

REMY, LOUISE DE ROCHEMORE, MARGUERITE.

Louise entre par le fond et remet un manteau de voyage à un serviteur qui reste en dehors de la porte. Au bruit qu'elle a fait en entrant, Marguerite s'est retournée.

MARGUERITE.

Ah ! ce n'était qu'un rêve ! comme toujours.

LOUISE, regardant autour d'elle.

Il n'est pas encore ici !

MARGUERITE.

Une femme ! qui êtes-vous ?

LOUISE.

Je suis bien malheureuse.

MARGUERITE.

Vous souffrez ? moi aussi.

REMY.

Madame Marguerite, si le maître rentrait, il ne serait pas content ; voulez-vous que je guette son arrivée ? oui, n'est-ce pas ? — Par ma foi ! si cette jeune dame parvient à se faire comprendre d'elle, elle aura du bonheur.

Il se retire.

SCENE III.

LOUISE, MARGUERITE.

MARGUERITE.

Qui cherchez-vous ici ? moi ? je ne vous connais pas ; Claude Stocq ? si vous êtes malheureuse, il ne vous consolera pas... Que vous a-t-on fait ? a-t-on tué votre mari ? votre fils ? mais parlez donc. Pourquoi me regarder ainsi ?

LOUISE.

Cette femme est insensée !

MARGUERITE.

Que dites-vous ? que ma raison est troublée ? oui, mais je vous comprendrai peut-être, puisque vous souffrez.

LOUISE.

Écoutez-moi : quelqu'un s'est-il présenté ici ?

MARGUERITE.

Qui doit venir ?

LOUISE.

Un jeune homme, rappelez-vous bien.

MARGUERITE.

Non, non ; que craignez-vous ?

LOUISE.

Un duel peut-être.

MARGUERITE.

Oh ! ne l'empêchez pas... si Claude Stocq devait mourir.

LOUISE.

Vous n'écoutez que votre haine... mais moi, quoiqu'un abîme me sépare de celui dont je vous parle, je ne voudrais pas qu'il mourût... Inquiète, égarée, je suis venue ici malgré la nuit, sous la garde d'un seul serviteur... Ayez pitié de moi, ne me cachez pas la vérité, si vous la savez... Quelqu'un est-il venu ? avez-vous entendu des menaces, des paroles de vengeance ? rappelez-vous bien... Claude Stocq n'est-il pas rentré, ou est-il reparti déjà ?

MARGUERITE, sans l'écouter.

S'il devait mourir !... un jeune homme, dites-vous... il est brave, il est fort... il le tuera !

LOUISE.

Eh bien ! oui, je l'espère comme vous. Vous l'avez vu, n'est-ce pas ?

MARGUERITE.

Son nom ?

LOUISE.

Hier encore il s'appelait Rasleigh...

MARGUERITE.

Rasleigh ?...

LOUISE.

Et aujourd'hui, Savigny.

MARGUERITE.

Savigny ! oh ! non, non. Pourquoi dites-vous cela ? Savigny est mort, son fils est mort. Il était là tout-à-l'heure... là, il dormait, et moi je le regardais : mais l'on est entré, et le rêve s'est évanoui... laissez-moi, laissez-moi, partez.

LOUISE.

Je ne puis rien apprendre d'elle. Ah ! je suis plus malheureuse encore... elle est insensée, et moi, je comprends tout mon malheur. Rasleigh, je veux du moins que tu vives... Ah ! je n'ai plus d'espoir que dans le connétable, et je vais me jeter à ses pieds.

SCENE IV.

Les Mêmes, REMY.

REMY, à Louise.

Le maître vient de rentrer par la porte qui donne sur la rue ; si vous ne voulez pas qu'il vous voie, vous avez le temps de partir.

LOUISE.

Il est seul.

REMY.
Seul.

LOUISE.

Allons! que le ciel me protége, et que je puisse
revenir à temps !

Elle sort avec Remy.

SCENE V.

MARGUERITE, *seule.*

Savigny! qui vous a appris ce nom? ne le pro-
noncez jamais, c'est celui d'un proscrit... (*Elle
regarde autour d'elle.*) Elle n'est plus !à... était-ce
encore une vision? Savigny.

*Elle se laisse tomber accablée sur une chaise près de la
fenétre.*

SCENE VI.

CLAUDE STOCQ, MARGUERITE.

Il entre par la gauche, sans faire attention à Marguerite.

CLAUDE STOCQ.

Tout doit-il finir là pour moi? est-ce une vengeance suffisante? deux fois dans ma vie je me
suis heurté à la même pierre : après l'avoir poussée
du pied, je la retrouve aujourd'hui sur mon chemin, et toutes mes espérances s'y brisent! Quelle
a été ma vie! Ni amour partagé ni ambition satisfaite! Des rêves ! rien que des rêves ! des fan-
tômes que j'ai poursuivis et que je n'ai pu étreindre
et retenir dans mes bras! Qui donc donne le bonheur, et sur quelle base faut-il asseoir sa fortune?
La vertu ! mot vide de sens, car j'ai servi le
crime, et le crime a eu une vie glorieuse et une
mort respectée. L'audace que rien n'arrête? la
volonté que rien ne fait fléchir? mais j'ai marché
sur des cadavres pour arriver au but, et cependant le but s'est abîmé sous moi quand je l'ai
touché! j'ai mis la main sur des fruits dorés, et je
l'ai rouverte pleine de cendres! c'est à faire douter
de tout, oui de tout! excepté du plaisir de la vengeance; celui-là ne trompe pas, et c'est le seul qui
me reste. Si j'ai bien compris les regards d'adieu qu'il
a lancés sur moi, nous nous reverrons; je le hais
trop pour remettre à d'autres le soin de le frapper;
mais si je dois succomber dans un duel à mort,
il ne me survivra pas. Ce soir j'ai prévenu mes
amis, j'ai reçu leurs sermens; un mot de moi,
et ils sont prêts : et vous aussi, monseigneur le
connétable, je me vengerai de vous, qui m'avez
humilié, qui m'avez forcé de ramper devant vous
comme un chien qui demande grâce! Je ferai
sortir de la tombe des secrets qui y dorment depuis plus de vingt ans! Mais viendra-t-il?

SCENE VII.

STOCQ, RASLEIGH, REMY, MARGUERITE.

REMY.

Maître, quelqu'un désire vous parler.

STOCQ, *voyant Rasleigh.*

Ah !

RASLEIGH.

Ma visite ne doit pas vous surprendre, mo   ur.

STOCQ.

Je l'attendais.

RASLEIGH.

Et vous savez ce que j'ai à vous dire.

STOCQ.

Si bien, mon gentilhomme, que je vous prie de
m'accorder quelques minutes : j'ai des lettres à
écrire, les dernières peut-être que tracera ma
main. Cette tâche remplie, je suis à vous pour
vous écouter et vous répondre.

RASLEIGH.

Faites, monsieur.

STOCQ, *allant vers la table à droite.*

Tué par moi, ou après moi par ceux que j'appelle, cette chambre sera ton tombeau. (*Il s'assied et écrit.*) « Il est venu, il est chez moi ; au
» point du jour nous nous battrons. Si je meurs,
» rappelez-vous qu'il doit mourir. Suivez Remy,
» qui vous remettra cette lettre. »

*Pendant que Stocq a écrit, Rasleigh a fait quelques pas dans
la chambre en l'examinant. Marguerite, qui est assise
au fond, près de la fenêtre, le regarde.*

MARGUERITE, *à part.*

Un jeune homme!... Savigny!

RASLEIGH, *à part.*

Cette femme a prononcé mon nom.

REMY.

Ne faites pas attention à la manière dont elle
vous regarde, elle est folle.

STOCQ *tire un papier de sa poche, le lit et le met
dans un autre papier.*

Cette lettre pour le connétable. (*Il écrit.*)
Remy !

*Remy va à lui. Pendant ce temps Rasleigh s'est trouvé
près de Marguerite à côté de la fenêtre.*

MARGUERITE, *à elle-même.*

Souviens-toi, souviens-toi !

Rasleigh la regarde avec étonnement.

RASLEIGH.

Pauvre femme !

MARGUERITE.

Souviens-toi...

STOCQ, *à Remy.*

Cette lettre sur-le-champ à son adresse. (*Il
aperçoit Marguerite qui regarde toujours Rasleigh.*) Que faites-vous ici? sortez!

Il s'avance vers elle.

RASLEIGH.

Ne la maltraitez pas, monsieur.

STOCQ.

Qu'elle sorte donc! je le veux.

MARGUERITE, *à elle-même.*

Un jeune homme! un duel! je serai là, je l'en-
tendrai! Savigny!

Elle sort par la porte de gauche.

STOCQ, *à Remy.*

Tu entends : cette lettre sur-le-champ à son
adresse, et celle-ci demain au connétable.

Il la pose sur la table.

REMY.

Oui, maître.

Il sort.

SCENE VIII.

STOCQ, RASLEIGH.

RASLEIGH, *regardant du côté par où Marguerite est sortie.*

Le regard et la voix de cette femme m'ont troublé

STOCQ, *à part.*

S'il savait qui lui a parlé... il faut qu'il l'ignore; mais en acceptant les chances d'un combat égal, j'entends le torturer à mon aise. (*Haut.*) Quelle arme choisirons-nous, mon gentilhomme? l'épée ou le poignard?

RASLEIGH.

Celle qui fait la blessure la plus profonde. L'épée peut se briser contre l'épée dans la main qui la tient; le poignard frappe plus sûrement.

STOCQ.

Le poignard donc, demain au point du jour.

RASLEIGH.

Pourquoi pas tout de suite, monsieur?

STOCQ.

Ce n'est pas trop de la clarté du soleil pour bien choisir la place où frapper.

RASLEIGH.

Soit! je ne crains pas que, pour attendre quelques heures, ma haine se refroidisse.

STOCQ.

C'est un duel à mort?

RASLEIGH.

A mort.

STOCQ.

Bien, c'est ainsi que je le veux. (*Rasleigh va pour sortir.*) Où allez vous?

RASLEIGH.

Nous n'avons plus rien à nous dire maintenant.

STOCQ.

La nuit est déjà avancée : cette maison est éloignée de toute habitation, vous ne connaissez personne à Senlis. Refuseriez-vous l'hospitalité si je vous l'offrais?

RASLEIGH.

Vous!

STOCQ.

Votre parole me suffirait pour vous laisser partir : je serais certain de vous trouver demain au rendez-vous. Faites-moi le même honneur, et croyez que vous pouvez reposer aussi sûrement sous le toit d'un ennemi comme moi que sous celui de l'ami le plus fidèle. Je serais le premier à vous défendre, jusqu'à l'heure où votre vie doit m'appartenir. Acceptez-vous?

RASLEIGH, *après une pause.*

J'accepte. (*Il dépose son manteau sur la table de gauche. Stocq s'assied à droite.*) Il y a entre nous, monsieur, je ne sais quoi d'étrange et de mystérieux qui me domine malgré moi. Votre haine me plaît : il me semble que j'ai une autre injure à venger que celle qui m'amène ici.

STOCQ.

Et pourtant nous ne nous connaissions pas.

RASLEIGH.

C'est vrai; mais comme il arrive parfois dans la vie que deux hommes qui ne s'étaient jamais vus se rencontrent et deviennent amis, moi, j'ai tressailli quand j'ai entendu prononcer votre nom; j'ai frémi quand je vous ai vu. Que vous éprouviez ou non ce que j'éprouve, croyez-moi, monsieur, nous ne sommes pas des ennemis ordinaires : nous devions nous trouver face à face pour nous heurter, et une main invisible nous a conduits de loin l'un sur l'autre.

STOCQ.

Peut-être. Mais d'où vous viennent ces souvenirs?

RASLEIGH.

Des souvenirs!... je n'en ai pas.

Il regarde autour de lui.

STOCQ.

C'est étrange et mystérieux. Je sais, moi, pourquoi je vous hais; je vous l'ai dit hier chez le connétable; mais vous, votre haine remonte au-delà, et vous ne vous rappelez rien?

RASLEIGH.

Rien; et cependant depuis que je suis entré dans cette chambre, il me semble que tout ce que je vois ne m'est pas inconnu.

STOCQ.

Imagination, sans doute.

RASLEIGH.

D'où vient cela? rêver et être éveillé en même temps! douter et croire! regarder pour ne pas voir, interroger qui ne vous répond pas!... ah! c'est un supplice affreux!

STOCQ, *à part.*

C'est celui que je t'ai gardé.

RASLEIGH.

Celui d'un homme mutilé de ses membres, muet, aveugle, en qui une pensée ardente bouillonne, et qui n'a pour l'exprimer ni geste, ni voix, ni regard! il y a des damnés qui souffrent moins! Une clarté, mon Dieu! faites luire une clarté dans cette nuit profonde!... donnez un langage à ces murmures confus du passé, une parole à ces murailles!... qu'ils me disent si je n'ai pas déjà franchi le seuil de cette porte, reposé ma tête sur cette table, touché de mes mains... Ah! je me souviens! je vous reconnais maintenant, je vous ai vu, vous, jeune homme, moi enfant, assis sur ce fauteuil.

STOCQ.

Oui.

RASLEIGH.

Et j'ai eu peur, et je me suis rejeté d'effroi dans les bras d'une femme... une femme!... ma mère peut-être.

STOCQ.

Ta mère.

RASLEIGH.

Oui, c'est ici, ici que ma mère me parlait... qu'elle me couvrait de ses baisers : voici la chambre, le fauteuil où je dormais près d'elle pendant qu'elle priait... je reconnais tout; et plus tard, elle me prit par la main, elle me conduisait à une fenêtre...

STOCQ.

Celle-ci.

RASLEIGH.

Et là, je vis un homme que le peuple traînait sur la place, un homme tout sanglant.

STOCQ.

Ton père.

RASLEIGH.

Mon père!... et ma mère disait : L'assassin, c'est Claude Stocq! Ah! voilà donc pourquoi je te hais !

Il s'avance sur Claude Stocq.

STOCQ, *se levant.*

Voilà pourquoi je t'ai dit de rester.

RASLEIGH.

Oh! ma vie pour un dernier souvenir!... j'étais près d'elle, et elle me montrait du doigt... là?... non... là, non plus!... ah! sous mes pieds... oui... un poignard... celui du meurtrier!... Un flambeau!... un flambeau !

STOCQ.

Deviens-tu insensé?

RASLEIGH, *prenant le flambeau sur la table.*

Un flambeau! qui me dira le chemin?

STOCQ.

Tu ne sortiras pas d'ici.

RASLEIGH.

Quelqu'un! Ah! venez donc, vous qui m'avez regardé tout-à-l'heure et qui avez dit mon nom!

STOCQ, *tirant son poignard.*

Raoul de Savigny, je suis prêt maintenant; c'est un duel à mort! défends-toi.

RASLEIGH, *portant la main sur son poignard.*

Laisse-moi, te dis-je; ce n'est pas avec cette arme que je dois te frapper.

SCENE IX.

STOCQ, RASLEIGH, MARGUERITE, *un poignard à la main.*

MARGUERITE.

Frappe donc avec celle-ci! C'est le poignard de l'assassin !

STOCQ.

Le mien!

RASLEIGH, *s'élançant sur lui.*

Meurs donc !

STOCQ.

Pas encore !

Il s'élance sur Rasleigh, qui le frappe ; Stocq chancelle et tombe.

MARGUERITE, *embrassant Rasleigh.*

Ah! Raoul! mon fils !

On frappe violemment à la porte d'entrée.

STOCQ, *se soulevant.*

Écoutez... ce sont eux!... Raoul, tes jours étaient comptés comme les miens.

MARGUERITE.

Des assassins peut-être !

STOCQ.

Des vengeurs. (*On frappe de nouveau.*) Brisez donc cette porte...

MARGUERITE, *cherchant à entraîner Rasleigh.*

Fuis !

La porte s'ouvre.

SCENE X.

LES MÊMES, DAMVILLE, LOUISE, QUELQUES SER-VITEURS DU CONNÉTABLE, *puis* REMY.

RASLEIGH.

Louise!

LOUISE, *se précipitant vers lui.*

Vivant! vivant encore !

DAMVILLE.

Que vois-je? un meurtre!

STOCQ.

Oui, assassiné par lui... (*A Louise.*) Comme autrefois votre père par son père.

RASLEIGH.

Monseigneur, j'ai frappé avec ce poignard qui porte gravées sur sa lame les deux lettres de son nom. Dieu et ma mère m'ont dit que le meurtrier du baron de Rochemore s'appelait Claude Stocq.

STOCQ.

Il s'appelait Charles de Savigny.

LOUISE.

Ah! ce sang est toujours entre nous deux !

STOCQ, *à part.*

Cette vengeance du moins me reste... Ah!... cette lettre !... il faut que je l'anéantisse. (*Il fait des efforts pour se relever.*) Remy, conduis-moi vers cette table! (*Il cherche à se traîner et étend les bras vers la table.*) Un secret!... par pitié!

REMY, *prenant la lettre sur la table.*

Monseigneur, pour vous.

Il lui donne la lettre; Stocq fait un dernier effort, se re-lève, et cherche à s'élancer vers le Connétable; il chan-celle de nouveau et tombe.

DAMVILLE, *s'approchant de la table, ouvrant la lettre, bas.*

L'ordre donné à Claude Stocq par mon père de tuer le baron de Rochemore, son ennemi, et le serment de protéger le meurtrier contre la justice humaine!... (*Il se retourne lente-ment vers Stocq, qui pendant qu'il lisait a es-sayé de parler. Il approche la lettre de la lumière et la brûle en regardant toujours Stocq; celui-ci retombe.*) Mort! sans avoir parlé !

MARGUERITE.

Mort!... ah! le ciel est juste!

Elle tombe à genoux.

RASLEIGH.

Mon père n'était pas coupable, n'est-ce pas?

DAMVILLE.

Le coupable, le voilà. Mon Dieu, soyez clé-ment! Relevez-vous, marquise de Savigny, et bé-nissez votre fille.

FIN.

PARIS. — Imprimerie de Vᵉ DONDEY-DUPRÉ, rue Saint-Louis, 46, au Marais.